Fin

Fernanda Torres

Fin

Traducción del portugués de Roser Vilagrassa

ALFAGUARA

El papel utilizado para la impresión de este libro ha sido fabricado a partir de madera procedente de bosques y plantaciones gestionadas con los más altos estándares ambientales, garantizando una explotación de los recursos sostenible con el medio ambiente y beneficiosa para las personas. Por este motivo, Greenpeace acredita que este libro cumple los requisitos ambientales y sociales necesarios para ser considerado un libro «amigo de los bosques». El proyecto «Libros amigos de los bosques» promueve la conservación y el uso sostenible de los bosques, en especial de los Bosques Primarios, los últimos bosques vírgenes del planeta.

Papel certificado por el Forest Stewardship Council®

Título original: *Fim*
Primera edición en castellano: junio de 2016

© 2013, Fernanda Torres
Primera publicación en Brasil bajo el título *Fim* por
Editora Companhia das Letras, São Paulo
© 2016, de la presente edición en castellano para todo el mundo:
Penguin Random House Grupo Editorial, S. A. U.
Travessera de Gràcia, 47-49. 08021 Barcelona
© 2016, Roser Vilagrassa, por la traducción

© Diseño: Penguin Random House Grupo Editorial,
inspirado en un diseño original de Enric Satué

Printed in Spain – Impreso en España

ISBN: 978-84-204-1947-3
Depósito legal: B-8946-2016

Impreso en Unigraf, Móstoles (Madrid)

AL19473

Penguin
Random House
Grupo Editorial

Para mis viejos

João Ubaldo Ribeiro
Domingos de Oliveira
Mario Sergio Conti
Luiz Schwarcz

Mi hermano y mi padre

Álvaro

* 26 de septiembre de 1929
† 30 de abril de 2014

Muerte lenta al luso infame que inventó la acera portuguesa. Maldito don Manuel y su hatajo de tenientes Eusébios. Cuadrados de pedruscos irregulares encajados a mano. ¡A mano! ¿Cómo no iban a soltarse? ¿Nadie se dio cuenta de que iban a soltarse? Blanco, negro, blanco, negro, las olas del mar de Copacabana. ¿Para qué quiero las olas del mar de Copacabana? Lo que yo quiero es un suelo liso, sin protuberancias calcáreas. Mosaico estúpido. La obsesión por el mosaico. Que le echen cemento encima y lo aplanen. Agujeros, cráteres, piedras sueltas, bocas de alcantarilla... A partir de los setenta la vida se convierte en una interminable carrera de obstáculos.

Una caída es la peor amenaza para un anciano. «Anciano», palabra odiosa. Aunque es peor «tercera edad». Una caída separa la vejez de la senilidad severa. Un tropiezo rompe la cadena que une la cabeza a los pies. Adiós al cuerpo. En casa me desplazo de un pasamanos a otro, palpando muebles y paredes, y me ducho sentado. Del sillón a la ventana, de la ventana a la cama, de la cama al sillón, del sillón a la ventana.

Mira, otro pedrusco traicionero que me persigue. Un día me caeré. Pero hoy no.

Un día. Un día puede ser mucho tiempo... Me crucé con Ribeiro en la calle Francisco Sá. Hacía tiempo que no nos veíamos, me dijo que quedáramos «un día de estos». Se murió al día siguiente. En el cementerio del Cajú, ese horno de Auschwitz, hacía un calor de muerte. Las tumbas parecían derretirse. Lo pasé mal en el crematorio. Pensaron que era de la emoción. Y en parte sí. Porque Ribeiro se encontraba perfectamente. Jugó al voleibol hasta el último atardecer. Volvió de la playa y la espichó en el baño. Tuvo un infarto fulminante. No me quedan amigos vivos, Ribeiro era el último. Estaba convencido de que él iba a enterrarme, porque corría, nadaba, dejó de fumar a los cuarenta y se negó a perder el buen ánimo. Su hermana cree que fue por la Viagra. Ribeiro se trajinó a muchas. Él le daba mucha importancia a eso.

Sílvio se murió justo antes que él. ¿O fue Ciro? Sí, Ciro fue el primero, de cáncer, antes que Neto y la mujer de Neto. Neto no aguantaba a Célia, pero falleció al año de morir ella. Es comprensible. Célia era insoportable y, cuando se hizo vieja, se volvió una mujer amarga, malhumorada y fea. Neto no soportó la paz.

Y pensar que cuando eran novios Célia estaba como un tren. Tendría que haberse muerto entonces, en pleno auge. Si Neto lo hubiera sabido, no habría llorado lo que lloró en el altar. El hombre es un animal muy tonto.

Sílvio nos dejó un febrero de Carnaval. Empezó la fiesta un viernes y empalmó diez días seguidos. El domingo de la semana siguiente, se dejó en el apartamento a tres fulanas dispuestas a todo y salió a comprar cocaína, lo mezcló todo y su corazón no lo resistió. Encontraron a Sílvio tumbado en el suelo, boca abajo, en el barrio de Lapa, cerca de la calle Mem de Sá, con un lanzaperfume[*] en la mano y cinco gramos de coca en el bolsillo. Sílvio bebía, normal, pero cuando le llegó la menopausia..., ya sé que es andropausia, pero no me gusta el término, como tampoco me gusta decir «pajearse», porque me parece repugnante, prefiero decir «hacerse una paja», independientemente del género... En fin, que a Sílvio le vino la menopausia y se desmadró. Conoció a unas chicas de Rio Grande do Sul, dos pendones que llevaban muy mala vida y lo esclavi-

---

[*] El *lanzaperfume*, o *lanza*, es una droga que se inhala. Aunque ilegal, es muy habitual en el Carnaval de Río. *(N. de la T.)*

zaron. Dejamos de vernos por culpa de esas tías; lo acabaron sacando del círculo de amigos. Dios le mandó a dos víboras frígidas para acabar con su estirpe. Fue un castigo. ¿Qué año pasó esto? No sé..., ya han sido tantos años y amigos.

No hace mucho, tardaba diez minutos a pie de mi casa a la consulta de Mattos (Mattos es mi médico de cabecera). Hoy me cuesta cuarenta. Andar ha dejado de ser un acto inconsciente. Estoy atento a cada paso que doy, a las rodillas, miro dónde piso. Todo me duele, y por motivos muy diversos, todos relacionados con la vejez. Mattos me ha enviado a más de diez especialistas. Uno me quiere operar de cataratas, otro de la vesícula, todos me atiborran a pastillas. El doctor Rudolf cree que mis venas ya no soportan la presión de la sangre, tiene la idea de meterme tubitos por la femoral y la aorta. Yo no me inmuto, finjo que no habla conmigo. Todos estos médicos son unos neuróticos vanidosos y desconsiderados. Ya me gustaría verlos delante de un bisturí.

¡Qué asco! Heces caninas. Por si fuera poco. En mi edificio hay una señora que cría unos miniperros histéricos y de ladrido agudo. Todos los fines de semana se va de viaje y deja a esos animales encerrados en el lavadero. Gañen porque están solos. Un día de estos denunciaré a esa bruja del 704 por malos tratos. Considero humillante recoger las cacas con una bolsita. Entiendo a la gente que no las recoge, pero no acepto que un tipo se pudra en su piso con el perro dentro.

Me arrepiento de todos los animales de compañía que he tenido. Seres infelices, necesitados, sucios. Cuatro perros y un gato. El primero murió de viejo, ciego, cojo y apestoso. Al gato, el padre lo despedazó: tenía un evidente complejo de Edipo, una fijación por la madre. Los demás perros la diñaron por motivos diversos, todos espantosos:

de moquillo, de un tumor, y el otro, envenenado. Mi madre esparció matarratas por el jardín y se olvidó de atar a Boris. Jamás volví a confiar en ella. La pobre limpiaba el periódico donde hacía sus necesidades, le cambiaba el agua, lo llevaba al veterinario; lloró como si hubiera perdido a un hijo, y aun así no se lo perdoné.

No hay nada más egoísta que los niños. No soporto a mis nietos. Viven lejos, mejor para ellos. Son escandalosos e interesados. Quise a mi hija hasta que cumplió los cinco años, después ya no soporté más su histeria, la histeria de mi mujer con ella y su histeria con las asistentas. Hacía lo que fuera para no tener que volver a casa. Creo que me lie con Marília para tener un lugar al que ir después del trabajo. Me encantaba el apartamento de Marília, me quedaba allí matando el tiempo hasta las diez, bebiendo, mientras hacía como que escuchaba su cháchara indolente.

El sexo no me interesaba tanto, me obligaba más por ella. Me gustaba su casa, pequeña pero muy acogedora, en el Jardim Botânico, con un patio interior en la planta baja donde criaba tortugas.

Nunca he sido dado a las perversiones. En el momento, me gustaba, pero me daba pereza ponerme a ello. Además, las mujeres trasladan al hombre la obligación de estar dispuestos siempre. Como yo nunca lo estaba, mis romances duraban lo que dura la seducción.

El matrimonio es el estado civil más indicado para hombres a los que, como yo, no les gusta convivir con los demás. No hay nada más agotador que gestionar encuentros y expectativas. Un mal matrimonio puede ser óptimo para ambas partes, y el mío fue así. Irene se apartó de las tentaciones, y yo también; vivíamos cómodamente en habitaciones separadas, todo muy triste y civilizado. Un día se dio cuenta de que envejecía, de que aquella era su última oportunidad para follar y disfrutar y amar locamente, esas cosas que las mujeres creen que existen. Yo diría que la adolescencia de Rita descentró a Irene. Entró en una terapia de grupo y se tiró a Jairo, el gerente del club. Fue algo vulgar. Ningún hombre convive bien con los cuernos. Tuve que dejar de ir a la piscina. Me gustaba mucho aquella piscina, pero ella era la titular.

Irene se arrepintió, pero ya era tarde. De pronto me vi solo, sin sentimiento de culpa, porque ella fue quien me dejó, aunque todavía llegué a interesarme por un par de mujeres, al contrario que Irene, que sufrió un chasco y nunca volvió a estar con nadie después del remador del club. Él estaba casado, y al mes de liarse con ella dejó de atender sus llamadas. Las mujeres son ingenuas. Hace treinta años que no nos vemos, y pasamos quince juntos. Empecé a tener problemas de erección con Aurora, la segunda mujer que tuve después de Irene. Miento, la cosa ya no iba bien con Irene, pero con Aurora fue definitivo. Sufrí lo mío durante unos años, hasta que me relajé. Adiós hormonas, adiós muchachas, adiós silencio incómodo en la habitación, adiós miradas compasivas. Seré franciscano. Sátiro y franciscano.

Mi padre era igual que Ribeiro, no aceptaba que un día se le dejaría de empinar. Recuerdo una Pascua en que él y mi madre estaban radiantes, y yo le pregunté cuál era su secreto. Dio una palmada a mi madre en el muslo y dijo que su vitamina era «esta mujer de aquí». Me sentí orgulloso de ellos. El día en que mi madre celebró su setenta y cinco cumpleaños, me llamó a un rincón para decirme que ya no soportaba el esfuerzo que tenía que hacer para que a mi padre se le empalmara. Le daba mucho trabajo y estaba cansada, pero se sentía obligada, y ya no quería hacerlo más. Llegó a sugerirle que se buscara a otra, que a ella no le importaría, pero él le armó un escándalo. Aquella conversación me afectó mucho, Irene se encontraba en el apogeo de su crisis, aparte de que siempre he sido reacio a que los padres hablen de sexo con sus hijos. Mi madre pretendía que yo, su hijo, lo convenciera para que la dejara tranquila.

Abrí la puerta de su dormitorio, todo estaba cerrado, y él, tumbado en la cama, de malhumor. Le pregunté cómo iban las cosas, me respondió que mal, muy mal: mi madre tenía un lío con el corredor de seguros. Enfermó. La esclerosis hizo de mi padre un hombre paranoico, celoso y delirante, que acusaba a su mujer de haberle puesto los cuernos con una extensa lista de hombres que habían convivido con ellos desde el primer año de casados. Precisamente ella, que había llegado virgen al matrimonio, sin osar jamás amar a nadie. Mi padre tenía un arma en casa, y se marchó amenazando con pegarle un tiro a mi madre y suicidarse después. Yo cogí la pistola y la arrojé al mar.

Traje a mi madre a vivir conmigo, lo cual agravó aún más la insatisfacción de Irene. Me convertí en el pararrayos de los problemas familiares, Rita repitió curso, la cocinera se largó, el último perro la espichó, tuvimos un escape de agua en el baño..., todo iba en contra. Internamos a mi padre en un asilo en Maricá, donde murió convencido de haber pasado cincuenta y nueve años con una adúltera compulsiva. Irene tendría que haberse casado con él. Hoy todavía estarían follando.

¡Ojo con la bicicleta! Los ciclistas son unos asesinos, unos suicidas y unos asesinos.

Me miro en el espejo y veo a la tía Suzel. Mattos me explicó que la culpa es de los estrógenos, que hacen que a los viejos se les ponga cara de vieja, y a las viejas cara de viejo. La tía Suzel murió soltera y virgen con ochenta y seis años, veintiséis de los cuales los pasó aventando el calor de Andaraí con un paipái, repitiendo una y otra vez que quería morirse. Te entraban ganas de darle el gusto. Una tarde, la tía Suzel se cayó por la escalera (las dichosas caídas) y jamás se recuperó. Vivía con su sobrina en un edificio de tres plantas sin ascensor. Hoy, me visita en el espejo.

El semáforo está en rojo, no viene ningún coche, pero no me arriesgo a cruzar, no sea que tropiece. Espero a que se ponga verde como un alemán bien educado. Hace un calor sudanés. De pequeño freí muchos huevos en los adoquines del barrio de la Penha. Río siempre ha sido cálido, no es nada nuevo, no tiene nada que ver con esa tontería de Greenpeace. Desde que tengo memoria, dicen que el mundo se está acabando.

Conservo un recuerdo de los efectos de la testosterona. Ya no sé cómo es ser joven, es como hablar de otra persona. Nunca he sido demasiado activo. Ribeiro y yo salíamos mucho, bebíamos demasiado, demasiado... Cambié el día por la noche, engordé, me salió una barriga dura, sostenida por dos piernas y un pescuezo corto que equilibraba la carne lustrosa.

Ribeiro no. Él salía de la discoteca y se iba derecho a la playa, y no se acostaba hasta que no había corrido del Puesto 1 al 6, ida y vuelta, *non-stop*. Tardó mucho en perder el pelo, lo cual le dio unos cuantos años extra de vida activa como don Juan del paseo marítimo. Ribeiro no se casó, daba clases de educación física y estaba tan obsesionado con sus alumnas de diecisiete años que un padre hasta llegó a pegarle. Hoy en día estaría en la cárcel. Siempre pensé que Ribeiro era inmortal. Pero nadie lo es.

¿Quién irá a mi entierro?

Me casé después de Ciro, y fui uno de los últimos en separarme. En diez años, todos hicieron lo mismo. Salvo Neto. Neto apechugó con Célia hasta el final. El pobre nunca conoció el placer de ir al baño con la puerta abierta, dormirse con la tele encendida, fumar en la habitación, comer en la cama, o no tener la obligación de hablar con nadie o ver telenovelas.

Yo creo que Neto no se separó porque era mulato. Me inquieta opinar sobre el color de la piel de las personas. Se ha llegado a tachar de racista a Monteiro Lobato, y eso que es Monteiro Lobato[*]. Pero Neto, como era mulato (así

---

[*] Popular escritor brasileño de literatura infantil (1882-1948). *(N. de la T.)*

me quemen en la hoguera con el vizconde de Sabugosa), siempre intentó parecer distinto. Él creía que el matrimonio te confería estatus. No lo condeno, incluso lo entiendo. ¿Es racismo? Pues que lo sea, así arda Zumbi[*] en el infierno. A Sílvio, que era de ascendencia polaca, calvo y rubio, le daba igual lo que los demás pensaran de él. Yo creo que el color de la piel algo tiene que ver.

Me acostumbré pronto a la vida de soltero, me mudé a un apartamentucho interior de la calle Hilário de Gouveia. Irene se quedó con la casa y yo con el coche. Me tiraba a Aurora y a la otra en el Chevette azul metálico, en la Barra da Tijuca, cuando aquello todavía era un arenal. A la vuelta, parábamos en uno de aquellos moteles y veíamos una película porno. Si se me ponía dura, le echaba otro polvo. En aquella época aún me gustaba la mala vida, hasta cuando no se me empinaba.

Las mujeres me hicieron perder el interés. Son aburridas y lloronas, están faltas de cariño, les encanta echar la culpa de su infelicidad a quienquiera que tengan al lado. Yo nunca daba pie a eso. Porque esperan a que digas medio «ay» para soltarte tres páginas de un culebrón. Cómo hablan, Dios mío, no paran de darle a la lengua. Luego se echan a llorar para que el tonto de turno sienta lástima de ellas. Las mujeres no me gustan. De hecho, no me gusta nadie.

Me gustaban Neto, Ciro, Sílvio y Ribeiro. Los hombres no hablan, cada cual dice una imbecilidad cualquiera, nos reímos y ya está, pasamos una noche extraordinaria.

Ya se ha puesto verde. Este semáforo tarda una eternidad en ponerse verde, y dos segundos en ponerse rojo. Allá voy, ágil como las tortugas de Marília. No me lo puedo creer: ¿ya parpadea?... ¡Se ha puesto rojo! Ya te digo... Aún me falta por cruzar un tercio del paso de cebra. ¿Con

---

* Zumbi fue el último líder del Quilombo dos Palmares (1655-1695), el guerrero liberador de los esclavos del nordeste de Brasil. *(N. de la T.)*

quién calcularon el tiempo para cruzar esta calle? ¿Con Speedy González? ¿Qué pasa? ¿Me vas a arrollar? Pues pasa, desgraciado, párteme las piernas con tus faros antiniebla. ¡Ya, ya he entendido que quieres pasar, hijo mío! Un día llegarás a viejo, si tienes suerte llegarás a viejo, y un niñato con prisas te partirá las piernas y pasarás tus últimos días en pañales, y sentirás pánico cada vez que cruces la calle. Bocas de alcantarilla, aceras altas, el hedor, los argentinos...

No leo periódicos, no leo revistas, no leo nada. Tampoco veo nada. Solo la televisión. Me paso el día viendo fútbol. Me encantan las tertulias.

Yo me quedé en el vídeo. Miento: tengo un reproductor de DVD que me regalaron con el televisor de cuarenta pulgadas, pero nunca me he aclarado con el mando a distancia. Antes solía alquilar alguna que otra película de camino a la consulta de Mattos, pero cerraron el videoclub. Tampoco lo eché de menos.

He tenido la suerte de envejecer pese a fumar.

No separo la basura, no reciclo, tiro las colillas en un jarrón, uso aerosoles, tomo largos baños calientes y me lavo los dientes con el grifo abierto. Que la humanidad arda en el infierno. Tampoco estaré aquí para presenciarlo.

No voto desde hace trece años, yo no tengo la culpa de la tragedia que me rodea.

«Desvío por obras.» Cómo les gustan las obras. Los conos sucios en medio de la calzada, los coches pasan pegados a mí, ¿no ven que estoy aquí? Y la taladradora. Taladra. Taladra. ¿Cómo lo soporta ese pobre hombre? Morirá pronto. Aunque no pierde nada... Mentira: algo perderá; no sé qué, pero algo. Yo nunca he pensado en la muerte como una posibilidad. No es que le tenga apego a nada en especial en la vida, sino que la muerte no existe. La muerte es una enfermedad crónica.

Me acuerdo, siendo aún joven, de ver la mano de Sílvio temblando y creer que era resaca. Pero Ribeiro oyó decir a su hijo en el entierro que ya entonces sabían que era Parkinson. Inácio contó que su padre continuaba haciendo estragos por ahí, que seguía llevando una mala vida con esas tipas de Rio Grande, pero la enfermedad era lo bastante grave como para trastocar la hora de la medicación, confundir nombres o el número de apartamento. Sílvio era delgado, elegante y malo. Muy malo. Un bellaco. Aquel Carnaval se suicidó. Hay muchas maneras de hacerlo.

Las mujeres no lo llamaban. Pero en cuanto intercambiaban dos frases con él se enamoraban con locura. Y él jugaba con ellas, las llamaba con insistencia, luego dejaba de llamarlas, fingía tener a otras, las trataba mal el día de su cumpleaños... A las mujeres les encanta que las maltraten.

Pero eso le pasaba al principio. A los treinta y dos, Sílvio se casó con Norma y se refrenó un poco. Entonces llegaron los hijos, Norma tuvo una depresión posparto y se puso insoportable. Para colmo, la suegra de Sílvio se fue a vivir con ellos. La casa se convirtió en un Muro de las Lamentaciones. Lloriqueos y dramas por las noches, y los críos dando por saco el día entero: que si el baño, que si el puré, que si ahora una rabieta, que si la escuela, que si la caca... Al final se le acabó la paciencia, metió al mayor en un internado de Petrópolis, de donde solo salía para airearse en Navidad, puso a la suegra a cuidar del pequeño, dejó a Norma y se largó a vivir al picadero que tenía en el barrio de la Glória. Sílvio no era rico, pero tampoco pobre. Aún no había deshecho las maletas y ya había quedado con tres chicas. Esto el día de la mudanza. A Sílvio le iban las orgías.

Le chiflaban las mujeres de Rio Grande do Sul, así que se marchó a vivir allí. Nos emborrachamos los cinco juntos en su despedida. Fue en una fiesta en el barrio del Leme. Bebimos mucho y también nos fumamos unos canutos de maría que él llevó. Quería enseñarnos a vivir.

20

Al amanecer nos echaron, a mí, a Ribeiro, a Neto, a Ciro y a Sílvio. Cinco zombis y un grupo de chicas fáciles. Sílvio propuso una última copa en su batcueva. Celebramos la sugerencia. En cuanto entró se quitó la ropa, diciendo que tenía calor. Ciro se encerró en la habitación con la argentina; Ciro sí que sabía hacer las cosas bien. Creo que Neto se marchó, y Ribeiro desapareció. Quedamos Sílvio y yo en calzoncillos en el salón, la chica a la que yo me tiré, la que tendría que haberse tirado Neto y la mulata de Sílvio. Cuando me di cuenta, ella y Sílvio estaban abrazados en aquel sillón de patas finas. Las otras dos se me echaron encima sin preguntarme si quería hacerlo o no, y Ciro se puso a gemir al otro lado de la pared, mientras la argentina gritaba: «¡Más rápido! ¡Más rápido!». Tuve un gatillazo memorable. Una de las chicas, la rubita palurda, intentó revertir la situación, pero le ofrecí un dinerillo con la orden de largarse. Sílvio se quedó dormido en el sillón con la morena y no volvió a levantarse. Ciro también debió de dormirse, porque no daba señales de vida en el cuarto. Salí de allí a las once de la mañana con una resaca palpitante. Me tomé un café solo en la panadería y caí redondo sobre la alfombra del pasillo. Estuve veintiuna horas seguidas fuera de órbita.

Puede que Ciro y Sílvio hicieran aquello habitualmente, pero yo no. Aquella fue la primera y última vez que estuve a punto de participar en una orgía entre amigos. Todas las amistades masculinas tienen algo de maricoñeo. Follarse a las mismas mujeres no deja de ser una forma de follarse entre sí. Y hacerlo en el mismo sitio es el siguiente paso. Y yo no concibo, ni de broma, ni borracho, ni de ningún modo, la idea de besar en la boca a Neto, a Sílvio, a Ribeiro o a Ciro. Bueno, a Ciro igual sí... Sí, a Ciro sí. Pasados los cuarenta, ya no te empalmas como antes. Ciro ligaba mucho. A ellas solo les faltaba frotarle el chocho por la cara. Ciro conoció a Ruth en la fiesta de Juliano, y se le metió en la cabeza que iba a casarse por la iglesia, con pas-

tel, madrina, velo y guirnalda de flores. Se quedó prendado de Ruth. Era realmente guapa, e inteligente, y sexy.
Ciro pensó que el gran amor le abriría las puertas de la
monogamia.

Hicieron falta diez años de matrimonio para acabar
con el vigor de Ciro. Y Ciro sin vigor no era Ciro. Se vio
ante un tremendo dilema, no hablaba de otra cosa: no
quería traicionar a Ruth porque sabía que después no habría
vuelta atrás, pero Ruth se había convertido en madre, esposa, compañera, hermana, en todo menos en amante.

Fue entonces cuando empezaron a reñir; eran discusiones feas, sin motivo. No sé si lo planeó, o si fue la desesperación, pero de un día para otro Ciro se enfadaba por
cualquier cosa: una frase, un vaso, un desodorante... A la
mínima hacía las maletas y se marchaba dando un portazo. Ruth se estaba volviendo loca, faltaba al trabajo, empezó a adelgazar, y él también. Pasaba una semana, Ciro volvía, y follaban como si se acabaran de conocer. Esto les
funcionó durante unos años, mi amigo recuperó el buen
color, hasta que las discusiones se convirtieron en una rutina más destructiva que la antigua rutina doméstica. Primero se encaprichó de Marta..., ¿o fue de Cinira? No me
acuerdo. Se tiró a una de las dos, o a las dos juntas..., en
fin, lo único que sé es que, una vez abierta la veda, Ciro
se folló a medio Río de Janeiro en poco menos de un
año. Ruth se marchitó. Las mujeres cultivan la fantasía
de que el amor verdadero es capaz de transformar a los
hombres. Cuando no sucede (porque nunca sucede),
pierden el orgullo y se convierten en esos pingajos que se
ven por ahí.

Ciro llegó a ser peor que Sílvio, porque Sílvio nunca
quiso a nadie. Pero Ciro quería mucho a Ruth. Le afectó
tanto el dislate de su marido, su falta de respeto hacia ella,
su impaciencia con la familia, que desarrolló una extraña
apatía. Todo empezó el día en que lo pilló en el picadero
de Sílvio con la mujer de un cliente suyo. Ruth aporreó

la puerta a gritos, la amante se escondió bajo las sábanas, y Ciro corrió a buscar los pantalones. Después de esto, la comunidad prohibió a Sílvio prestar su apartamento a terceros. Ciro mantuvo la calma, se vistió y salió sin dar explicaciones. Ruth se quedó gritando en el pasillo mientras el ascensor bajaba. Ciro cogió el primer taxi que encontró y se largó a casa. Vaya sangre fría la suya. Al llegar, se duchó, se puso el pijama, se sentó en el sofá y encendió el televisor. Ruth aún tardó veinte minutos en aparecer; estaba fuera de sí. Se quedó en el umbral con ganas de bronca. Pero Ciro, que es un genio (será un canalla, pero es un genio), era todo agasajos. Ruth empezó a hablar de lo que había visto en el apartamento, de la fulana que estaba con él, y el muy caradura le dijo que no sabía de qué hablaba, le juró que al llegar a casa le extrañó que ella no estuviera y se sentó a ver la tele. Luego mostró una indignación contenida, porque su mujer había montado una escena a una pareja que ni conocía, ¡y además en el piso de Sílvio! Entonces fingió estar preocupado por la salud mental de su esposa. En menos de una semana internaron a Ruth en un sanatorio. Ciro nunca se perdonó lo que le hizo, pero tampoco se esforzó por cambiar. Dejó las cosas de Ruth en casa de su hermana y se mudó a un piso más pequeño, un ático en Santa Clara donde solo cabía él. Y siguió tachando nombres femeninos en su libretita. Iba a un ritmo de tres por semana, o cuatro, según la necesidad.

Nunca pensé que Ciro pudiera ser tan despiadado. De Sílvio me podía esperar cualquier cosa, pero la frialdad con la que Ciro trató a Ruth fue estremecedora.

Envidié a Ciro toda mi vida. Era un hombre muy guapo, uno de esos tipos que saben jugar al billar, al fútbol, al bádminton, al póker, y que ganan todas las partidas sin esfuerzo. Hasta en los momentos más deplorables, como aquel en casa de Sílvio que casi acabó en bacanal, Ciro sabía ser cortés. Se llevó a la argentina al cuarto, pero con caballerosidad.

Yo me casé por su culpa. Como era soltero, empecé a quedar excluido de las comidas de los domingos. Neto y Sílvio se iban con sus mujeres, y Ribeiro y yo sobrábamos. Irene era amiga de Ruth, ellas organizaron una cita, y yo pensé que aquello era lo mejor a lo que podría aspirar nunca. Después ellas estuvieron hablando mal de nosotros durante años.

Pensé que Ciro estaba adelgazando tanto por las juergas que se corría y los excesos. Pero un martes soleado me llamó para tomar un café y me contó que tenía cáncer de páncreas, y que no había nada que hacer. Ciro acababa de cumplir los cincuenta. Me quedé sin habla, no supe qué decir. Pensé en el día en que conoció a Ruth en la fiesta de Juliano, en la buena pareja que hacían. Ciro era nuestro Kennedy. Falleció seis meses después de aquel encuentro. Me aparté de él, despavorido; no quería verlo. Pero llevé el féretro en el entierro. Ruth no se presentó.

Y ahora mira qué chorizos vienen de frente. Ya he perdido la cuenta de las veces que me han atracado. Han sido tantas que salgo de casa con lo puesto. Una tarde tonta en que salía de hacerme una resonancia en el Botafogo, dos mocosos me rodearon. Al ver que no tenía dinero, ni móvil, ni nada de nada, me dieron una paliza. Ahora siempre llevo algo suelto por si me atracan. Vaya, han pasado de largo. Resulta que eran buena gente. Tres negros en pantalón corto, chanclas y sin camiseta, pero buena gente. La culpa es de Monteiro Lobato.

Una Navidad, mi padre me regaló la colección completa del *Sítio do Picapau Amarelo*. Tenía doce años. La obra sobrevivió al paso del tiempo y se la regalé a mi hija Rita, pensando que le estaba ofreciendo el cielo, pero tuvo un disgusto porque esperaba una Barbie. Le intenté enseñar matemáticas con el personaje del Visconde, historia con Dona Benta y gramática con Emília, pero acabó sintiendo aversión por el *Sítio*, y se quejaba de que no tenía ilustraciones. Rita creció como una persona ignorante e insustancial.

En la adolescencia la apoyé mucho para que no engordara, porque con el coeficiente intelectual de mi familia, lo mejor que podía pasarle era encontrar un buen marido.

Encontró uno mediocre, un radiólogo de Uberaba. El padre tenía una clínica de diagnóstico por imagen, y el hijo entró en el oficio. Se conocieron estando ella de vacaciones en Ouro Preto. Mi yerno es tonto de remate, de esos que aseguran que todos los males vienen del estrés. Claro, del estrés. Cada vez que hablo con él me asalta un sueño hipnótico. Ya puedo estar de pie, sentado, en el coche, en una fiesta horrorosa de fin de año, me duermo. Entonces, Felipinho y Marcelinho chillan todo lo que pueden para despertarme y corean con voz de débil mental que el abuelo está chocho. Lo que no saben es que en realidad me protejo de la innoble bajeza de su padre. El mismo que les dio una mitad de sus genes mediocres; su otra mitad procede de la madre, que heredó de mí la peor parte de mi ADN, la misma que desprecia a Monteiro Lobato. Los vástagos, Felipinho y Marcelinho, están podridos. Vuestros hijos serán gorditos como vosotros, les pegarán en la escuela, serán niños de papá, se reirán aparatosamente, no sabéis lo que os espera: acné, polla pequeña, calvicie, tensión alta, colesterol, tos, mal aliento, pelos en las orejas, ahogos, incontinencia urinaria, derrames... Asistiré al espectáculo desde el palco. Cualquier niño de la calle tiene mejor genética que vosotros. Ahora marchaos a vuestro cuarto, que quiero volver a dormirme con la verborrea de vuestro padre.

Rita viene a visitarme a Río dos veces al año, quiere que me mude a Uberaba, imagínate. Como si yo fuera a soportar vivir en Uberaba, y ella a mí, y yo a sus hijos. Prefiero un asilo, es mucho mejor un asilo; en Maricá. Cuando viene a verme, procuro ser amable, pero siempre lleva a cuestas al idiota del marido. Les pido que lleguen por la noche, a la hora del insomnio, a ver si así me duermo con el coñazo de la matraca. La verbosidad de mi yerno es un somnífero eficaz.

¡Ahí está mi manzana! Cincuenta y siete pasos más y llego. Me encanta contar los pasos. No salgo mucho, no tengo adónde ir, hace dieciocho años que no trabajo. El otro día me di cuenta de que soy funcionario de mi propia salud, trabajo *full time* para ella. Cada mes me hago exámenes mensuales, cada año, los anuales, cada semestre, los semestrales, cuando acaba uno, toca el siguiente. Y hay que anotarlo en la agenda, y hay que llevar el resguardo, y conservar la copia, y hacer cola. El seguro privado es igual de ineficiente que el público. La consulta de Mattos está en un edificio comercial aquí, en Copacabana, lleno de médicos seniles. De vez en cuando alguno la palma. Acudo allí todas las semanas, me sé la distancia, el tiempo, los pasos de todo el recorrido y los que hay entre las manzanas, el ritmo de los semáforos; me conozco cada tramo de jardín, cada farola y cada piedra del camino.

Ahora que Ribeiro ha muerto, ya no tengo a nadie con quien quedar o con quien encontrarme por la calle, en algún cruce. Solo visito a los médicos, y no me gustan. No me gustan nada. Una tienda que tengo alquilada en Copacabana, que heredé de mi padre, cubre mi seguro de salud, y el resto viene de la pensión de jubilación. Como embutido, cerdo, croquetas de pollo y *cupim*[*], bebo agua del grifo y no necesito a nadie.

¿Qué es esa sirena? Son los bomberos... Creía que era una ambulancia. Lo bueno de las sirenas es que dejo de oír el zumbido, el enjambre de abejas que apareció hace unos cinco años en el oído izquierdo, que luego pasó al derecho, en estéreo, y que va a peor. Me estoy quedando sordo. Mañana tengo una consulta para hacerme otra vez una audiometría. Creo que me he dejado las gafas en casa.

¿Y esa otra sirena...?

¡Ah! El garaje. El garaje de mi edificio. Ya he llegado. No he contado bien, he venido hablando. ¿Con quién habla-

---

[*] Carne bovina obtenida de la giba del cebú, muy grasa y sabrosa. (*N. de la T.*)

ba? Conmigo mismo, que es con quien me gusta hablar. Un coche sube la rampa del garaje, va embalado, más vale que apriete el paso. Es esa desalmada del 704, huyendo de sus perros; se va de viaje, la muy cobarde. Creo que no me ha visto. No, no me ha visto. El coche ha dado un salto al final de la subida, viene como una loca, hablando por el móvil, no se ha dado cuenta de que estoy aquí. ¡Deja el móvil de mierda y presta atención a lo que tienes delante! ¡Que estoy yo! ¡Que estoy delante de ti! ¡Ah! Por fin, me ha visto, frenará, se había despistado... ¿Y cómo se ha podido despistar? Está nerviosa, es bueno que esté nerviosa. ¿Cuántos años tendrá esa incapaz? ¿Habrá hecho el examen psicotécnico? ¿Puede conducir con la edad que tiene? ¿Y los perros del lavadero? ¡Ha frenado! Ha encontrado el freno, oigo el chirrido de los neumáticos. Pero el coche no se para, ¿cómo es posible que no se pare? ¿Ha derrapado? ¿No va a pararse? ¿No puede pararlo? Viene hacia mí con cara de pena, cierra los ojos para no ver lo que va a hacerme. Abre los ojos, desgraciada, ten valor para mirar lo que tú misma has provocado. ¿Por qué no te denunciaría a la Protectora de Animales? Tendría que haber sospechado que alguien que trata mal a su propio perro no siente respeto por la vida humana. Noto el contacto de la chapa contra el tergal del pantalón.

Saltaré. ¿Cuántos años hace que no salto? Doblo la pierna derecha, estiro la izquierda y me lanzo hacia delante. ¡Salta, Álvaro! ¡La chapa me ha tocado el tergal! Andar ha dejado de ser un acto inconsciente. Acciono los mandos. Doblo, estiro, estoy en el aire, me preparo para el aterrizaje, la punta del pie toca el suelo de piedra, relajo el peso..., ¿están sueltos? ¿Cómo es posible que estén sueltos? ¿Dejo caer mi esqueleto sobre los pedruscos del suelo y se sueltan? ¿Quién fue el desgraciado que los puso así? ¿Dónde está el contratista? ¿Dónde está el alcalde, que no aparece? No hay vuelta atrás, me he torcido el pie, me estoy cayendo, el coche pasa rozándome, pero la gravedad me empuja contra los adoquines. La caída. Mi caída, la misma que me hará echar de menos los días en que contaba los pasos de camino a la consulta de Mattos. De un momento a otro seré la tía Suzel. La mano araña el suelo, intenta apoyarse sin conseguirlo. El codo se desuella, la cadera se descoyunta y la cabeza se precipita sobre el granito bruto del bordillo y lo golpea, lo golpea como un badajo contra una campana de iglesia.

Negro, negro, negro, negro, negro..., ¿dónde está el blanco? ¿Dónde están las olas del mar? La bruja del 704 es una rubia de bote, de esas que huelen a colonia y a polvos de arroz y visten traje de chaqueta.

Es mi ángel de la muerte. ¿Quién me lo iba a decir?

Una vez pregunté a un budista que creía en la reencarnación qué es lo que se reencarnaba exactamente. Me dijo que era una parte tan ínfima, pero tan ínfima, que no quedaba ningún vestigio del ser anterior. Me sangra la cabeza. La cuarentona del 704 ha salido del coche desconcertada, el portero acude corriendo. No siento nada, ni pena, ni dolor. Me encuentro a gusto. Qué bien que he recordado a los amigos. Nada sucede porque sí. Si hay otra vida, me gustaría encontrarme con ellos, visitar a Ciro y a Sílvio en el infierno, sí, me gustaría. Pero no la hay. La muerte no existe. Ni siquiera el budista que cree en la reencarnación piensa que volverá a ser lo que fue. Yo estaré en una planta, en la baba de la oruga que devora la planta, en la mosca que lame la baba de la oruga que devora la planta. Estaré por ahí. En esta ocasión me había tocado ser de un buen tamaño, pero ya estaba cansado. Y la indiferencia que siento ahora me gusta.

He hablado muy mal de las mujeres, pero se lo merecen. Los hombres tampoco sirven para nada. Y no es verdad que estén hechos el uno para el otro.

Me desintegro en el aire sobre Copacabana. Una vez leí que la muerte era el momento más significativo de la vida, y en efecto lo es. La mía ha sido buena, lo está siendo. Aunque no por mucho tiempo.

IRENE recibió con frialdad la noticia de la muerte del hombre con el que había compartido quince años de su juventud. Su hija la llamó desde Uberaba afligida, estaba en el aeropuerto, su padre yacía en una cámara refrigerada del Instituto Médico Forense. Había dejado a los niños con su marido y no llegaría a tiempo para coger el vuelo de enlace en São Paulo, pasar por la comisaría y tratar con la funeraria para enterrarlo por la tarde. Rita se quejó de no tener hermanos y pidió a su madre que fuera a la morgue a reconocer el cuerpo. Sé que odias a mi padre, pero no tengo a nadie más. Yo no odio a tu padre. Iba a decirle que, más bien, no sentía nada por él, pero le pareció peor que la aversión de la que se le acusaba. Odiar. Irene odiaba los chantajes de su hija, como el que le hacía en ese momento, para obligarla a ir al centro bajo aquel sol de justicia, para hacer frente una última vez todavía al Error. Así se refería a él. El Error. Irene se resistía a ejercer de madre, no quería ir, ya lo había enterrado hacía tiempo, pero pensó que le iría bien cumplir el ritual de la pérdida. A las diez y media se apeaba de un taxi en la avenida Francisco Bicalho, delante del Instituto Médico Forense.

El edificio exhalaba podredumbre. El olor le ardía en las narinas; aunque te las taparas, penetraba en los poros. La vaharada pútrida de fuera se agravaba dentro. ¿Álvaro no podía haber escogido un día más fresco para morir? Irene se dirigió a la recepción, sacó un número y se sentó a esperar en una silla de plástico. El asiento agrietado le pellizcó el muslo, lo cual la obligó a estar atenta a la pierna. Pasaron interminables minutos. Quienes, como ella, esperaban su turno, tenían una expresión triste. Irene pensó en servirse un vaso de agua, pero cuando vio una cucaracha oscura pasando sobre un enchufe para esconderse en el surtidor prefirió pasar sed. Leyó los anuncios del tablero, los mensajes de fe, y anotó el teléfono de dos agencias funerarias: quizá Rita las necesitara. Absorta como estaba en el limbo, dio un respingo al oír un chillido que venía del pasillo. Aparecieron dos funcionarios de blanco cargando con una señora obesa que daba arcadas de horror, alternadas con gritos feroces. El cortejo atravesó la sala de espera en dirección a un grupo de familiares, al que se delegó el desvarío de la pobre mujer. Se la llevaron afuera. Los funcionarios prosiguieron con su labor flemática; Irene compartía su misma indolencia. Pensó que era un alivio estar allí por alguien tan insignificante para ella. Los aullidos procedentes de la calle le hicieron comparar su estado con el de la gorda. La consoló el hecho de que sufría menos que los que estaban allí, sintió que tenía ventaja; una mezquindad disculpable por lo extraño de la situación. Ciento diecisiete, anunciaron. Era su número.

Después de presentarse ante la ventanilla, un joven con una bata roñosa la condujo hasta el ascensor; subieron en silencio, evitando mirarse. Salieron a la tercera planta. Una larga galería de puertas cerradas se extendía hasta donde alcanzaba la vista. Irene siguió al guía hasta la penúltima de la derecha y esperó mientras él buscaba en el manojo de llaves. Entraron. El aire funcionaba mejor allí dentro, pero el hedor se agravaba. La luz fría parpadeó sobre una pared dividida en cajones, y solo entonces, al ver al médico forense seguir la rutina de comparar los números de las etiquetas con los del resguardo, Irene se dio cuenta de que estaba a punto de ocurrir. En uno de aquellos cajones se escondía el fantasma, su fantasma.

El doctor, él sí, era indiferente; pero ella no. A punto de volver a ver el cuerpo de su exmarido congelado en un establecimiento público, Irene descubría con asombro que había mentido cada vez que había restado importancia a aquel hombre a lo largo de su vida. Álvaro todavía le revolvía el estómago. Las náuseas no tenían nada que ver con el tufo del ambiente, era la sombra del arrepentimiento que jamás llegó a acallar. Le entraron ganas de vomitar.

De pie delante del segundo cajón, en el rincón opuesto a la entrada, el chico le hizo una seña para que se aproximara. Con las manos protegidas con guantes, el perito tiró de la estrecha cama de metal. Sobre ella yacía el Error. No había vuelto a verlo. En pocos momentos, la luz reveló una nariz más aguileña y unas mejillas mustias. La papada y la calva juntas formaban un marco de piel rígida en torno al rostro. Facciones de color gris piedra. El carril del cajón llegó a su tope, lo cual dejó a la vista los hombros enclenques, los brazos delgados, la barriga de siempre y el pelo canoso. No quiso seguir mirando. La angustió verlo desnudo. Abstraída, se detuvo a contemplar el contraste de las nalgas con el aluminio de la camilla. Qué pequeño era. Álvaro estaba sucio de sangre, pero no era el rojo, ni la edad, ni los vestigios del accidente lo que intrigaba a Irene. Álvaro no se parecía en nada a sí mismo. La boca, arqueada, se había unido al surco que arrancaba de los bordes de las narinas, dándole un aire maligno que jamás había tenido. La pasividad cómica de otrora había dado lugar a un rostro ceñudo y tenso. Siempre había sido infeliz, pero no amargado. ¿Se habría convertido en un hombre malo? Los muertos nunca se parecen a los vivos, pensó. Álvaro nació viejo, pero no muerto, concluyó.

¿Cuándo lo había visto por última vez? ¿En la boda de su hija? ¿En el entierro de Célia? ¿En el de Neto? No se acordaba. El ejercicio consciente que había hecho para eliminarlo de la memoria había surtido efecto. La pregunta derivó en otra más. ¿Cuándo había sido la última vez que había estado con él? En la cama. Con él. Entonces se desataron reflejos involuntarios de quince remotos años.

Las habitaciones separadas, la incomodidad de ambos, la calva evidente, la rabia, la panza, el cansancio, la inercia y la impotencia masculina. La única imagen que conservaba era la de los dos desnudos entre las sábanas de una cabaña en la sierra, donde fueron a pasar un fin de semana en los inicios de la tragedia que vendría luego. Del matrimonio no había sobrevivido ningún tipo de afecto.

A Álvaro no le gustan las mujeres, aseguraba, tendida sobre los cojines del entarimado oscuro de aquel caserón en la calle Visconde de Caravelas. Tendría que haberse hecho cura. ¿Por qué seguía encerrada en un matrimonio vacío y se dejaba tratar como una ciudadana de segunda por su hija adolescente, mientras todas sus amigas pedían la separación y empezaban una nueva vida? ¿Qué la ataba a él? ¿La niña? ¿El perro asmático? ¿La paga extraordinaria de la asistenta? Quería vivir, follar, amar, y ni siquiera sabía si le quedaba tiempo para aprender a hacer todo aquello. Había parejas bastante menos realizadas que afrontaban su final. Como Ciro y Ruth. Álvaro es un cero a la izquierda, un inútil, no es nada, ¿cómo puedo sufrir por nada?

Vera fue dura. Esperó a que Irene acabara su rosario de quejas y, a punto de terminar la sesión, le dijo que habían llegado a un *impasse.* No creía que fueran a hacer ningún progreso ellas solas. La cuestión no se refería solo a Irene, sino a todo el proceso terapéutico. Vera estaba convencida de que la terapia de grupo sería el único modo de liberar a Irene de aquella capa de racionalidad que la aprisionaba. Tenía todo el derecho a no aceptar la sugerencia, pero si decidía seguir con la terapia convencional le pediría que buscara a otro profesional para atenderla. La paciente la escuchó, ofendida. La presunción con que Vera pronunció «capa de racionalidad» debería haber bastado para marcharse, pero a los cuarenta años era demasiado joven, demasiado idiota, estaba demasiado perdida y desesperada para decir que no. Accedió a la terapia de grupo.

Sus pensamientos vagaban solos. ¿Para qué recordar aquella tarde en la que aceptó servir de conejillo de Indias para una corriente experimental de psicoanálisis, tan en boga en aquel momento pero cuyas técnicas, todas descartadas en la actualidad, eran como los procedimientos obsoletos de la cirugía plástica, un semillero de deformaciones neuróticas de las generaciones que le sirvieron de pasto. A Irene no le gustó rememorar aquel dolor pasado. Y pensó: Álvaro evoca recuerdos incluso después de muerto.

Fue objetiva.

Firmó la declaración, según la cual el cadáver de aquel individuo enjuto era de Álvaro Pereira Gomes Soares, residente en Copacabana, ochenta y cinco años, blanco, viejo e infeliz. Firmaba su exesposa, madre de su única hija, Rita da Costa Soares. Sin nada más que añadir, Irene Azevedo da Costa. Hacía mucho que, para su regocijo (con la separación y el posterior divorcio), había extirpado el Soares de su nombre.

Cuando puso los pies en la calle, el asfalto hervía. Era la una de la tarde. La operación al completo le había costado tres horas y media de calvario. Quería volver a casa, darse un baño y tirar la ropa y los zapatos en el incinerador. Consideraba pagada la deuda moral con su hija, no iría al entierro ni muerta. Tenía derecho a regresar al paraíso de su soledad.

Pese a jurar y perjurar que no lo haría, Irene acudió al último adiós de Álvaro. Su hija insistió entre lágrimas por vía telefónica. Rita volvió a lamentarse de no tener hermanos. Hermanos, pensó Irene; no se comete el mismo error dos veces.

Había acabado de limpiarse la costra del Instituto Médico Forense con una ducha larga. La idea de volverse a vestir y hacer frente a la sauna de la calle, a la decrepitud, a las cucarachas... Soy una mujer de edad avanzada, ¿es que esta niña no tiene compasión? ¡A ver si crece! Que entierre a su padre sin sentir lástima de ella misma. ¡El hombre tenía más de ochenta años! Yo no siento lástima por nadie, y mucho menos por ella, que es joven, que puede hacer lo que le venga en gana. No pienso tirar a la basura otro vestido, ni otro par de zapatos. No pienso permitir que entre polvo de cementerio en esta casa. ¡Tengo setenta y tres años, muchacha! ¡Soy yo quien tendría que hacerte chantaje!

Sin embargo, no dijo nada. Quedó con Rita a las dos y media en el cementerio de São João Batista. El cortejo saldría a las cuatro. A regañadientes, escogió una falda vieja, una blusa negra que no le sentaba bien y unas sandalias que le apretaban. Al menos así limpio el armario, pensó. Una vez en la calle, detuvo al primer taxi que pasó. Era un Corsa viejo sin aire acondicionado, con el cambio de marchas suelto y una peste exasperante a ambientador y sobaco de obrero. Le entraron ganas de bajarse, de inventarse una excusa, pero le dio pena el conductor. De modo que le indicó que siguiera. Pese a respirar por la boca, el perfume acre del vehículo le subía por el paladar. No estaba siendo un buen día.

Capilla número 10. Subió las escaleras, entró, no había nadie. Pensó que a lo mejor se había equivocado, llegó a dar media vuelta, pero entonces decidió echarle un vistazo al difunto. Se dirigió hacia el féretro, y se acercó lo suficiente para confirmar la expresión de enfado; era él mismo, la calva, la papada, la boca curvada, era todo él. Evitó mirarlo otra vez. Se desvió para sentarse en las sillas puestas en fila contra la pared. Irene contaba los segundos que la separaban de la ducha que se daría al llegar a casa.

Nadie ha enviado flores, observó. Solo había una corona de lirios blancos, con las palabras: «Te echaremos de menos, Rita, Cézar, Marcelo y Felipe». ¿Quién habrá arreglado a Álvaro? Debería haber traído una revista. No, no debería, no habría quedado bien. ¿Dónde está Rita? ¿Por qué no dices algo, Álvaro? Irene se rio de la ocurrencia. Luego la embargó el silencio. Y, con este, la asaltaron los recuerdos. El día en que ayudó a su marido a envolver la antigua colección de Monteiro Lobato para regalársela a Rita por su séptimo cumpleaños. Su expresión de niño, anticipando la alegría de su hija, reviviendo la infancia a través de ella. Los ojos se le empañaron. Fue un buen padre, pensó, y se compadeció de él. Sintió respeto, e incluso nostalgia, por aquel hombre tumbado, inmóvil, delante de ella. De pronto pensó en la viudedad. Estaba viuda. Era viuda. Viuda, repitió. Algo tantas veces ansiado mientras estuvieron casados. Ahora ya había desaparecido para siempre, era un hecho, y no le servía de nada. Al contrario, echaba algo en falta. Pero no sabía qué.

Un hombre abrió la puerta con humildad y respeto. La saludó de lejos y se acercó a honrar al muerto. Se quedó de pie, rezando, apoyado sobre la madera del ataúd durante largos minutos. Cuando hubo terminado, hizo la señal de la cruz y se volvió de cara a la sala. La falta de quórum lo abrumó. Necesitaba compartir el momento con alguien, pero la única plañidera presente no parecía muy dispuesta a conversar. Haciendo caso omiso de la reserva de Irene, avanzó para sentarse en una silla a su lado. Irene sintió un escalofrío, pero fingió no haberlo notado. Hay que ver..., murmuró el hombre. Pues sí, hay que ver, respondió Irene. Un día estamos aquí, al siguiente hemos desaparecido, pero Dios sabe lo que hace. No. No era posible que encima tuvieran que obligarla a escuchar la selección de lugares comunes de alguien a quien no había visto nunca en su vida. Lo mejor era interrumpirlo. ¿Usted era amigo de Álvaro? Yo le presté auxilio, soy el portero del edificio desde hace más de quince años. El tiempo vuela. Nos acostumbramos a ver a alguien todos los días y, de repente... Por eso vivo cada segundo como si fuera el último, nunca se sabe qué puede pasar el día de mañana, la vida es una cerilla que encendemos y no sabemos en qué momento se apagará. Irene pensó en gritar para pedir ayuda, le horrorizaban los clichés. Pero hay que seguir adelante. No podemos volver atrás. La voluntad de Dios no se puede controlar. El portero era una ametralladora de frases hechas. De pronto, el hombre interrumpió el discurso. Debe de haberse cansado, pensó Irene, y dio las gracias por ello. El hombre levantó la cabeza y miró al féretro. Yo perdí a mi mujer hace un mes. Ella... ella..., se le empañó la voz. Pese a intentarlo varias veces, fue incapaz de seguir hablando. Irene asistió a aquella pantomima de dolor, al vaivén del llanto, a los espasmos y los sollozos, a los gestos inconexos. No me resigno, no me resigno, repetía temblando, y se desmoronó en un llanto convulso. Le rogué tanto a Dios... Irene puso la mano sobre el hombro del viudo para que no se dijera que no había hecho nada. Miró hacia la puerta con ansia. ¿Dónde está Rita? ¡Rita! ¡He encontrado a alguien para llorar a tu padre contigo!

¿Y usted?, le preguntó el pobre hombre. Yo soy la madre de su hija. Ah..., y se recompuso ante la ecuanimidad de la interlocutora. Hacía muchos años que no nos veíamos, estoy aquí más bien por ella. El portero se dio cuenta de que se había conmovido en balde, y se disculpó por la incomodidad que pudiera haberle causado. Irene lo disculpó, y el asunto se dio por zanjado. Se quedaron callados, mirando al infinito. La postura práctica de la exmujer del dueño del apartamento lo ayudó a recuperar la compostura. Y ya no volvió a llorar, ni siquiera durante el entierro.

Rita llegó casi una hora después del portero. Su luto se había transformado en una burocracia infernal de sellos, documentación y firmas. Debido a un problema con el papeleo, tuvieron que aplazar el entierro hasta el final del día. Sería el último. Casi lo dejan para mañana, advirtió Rita, enjugándose el sudor. Irene contuvo su desesperación. Tener que quedarse allí una hora más... Si al menos Álvaro hubiera tenido amigos, parientes, podría haberse marchado con disimulo. Si el inútil del marido de su hija hubiera dejado a los niños con su madre y hubiese venido a ayudar, ahora no estaría recluida en aquel purgatorio. ¿No va a venir nadie más?, preguntó. Creo que no, no lo sé, respondió la hija; todos sus amigos han muerto, y él solo salía para ir al médico, pero los médicos no van a los entierros, va contra sus principios.

Rita agradeció la presencia del portero del edificio, que narró con detalle el atropello, escenificó todo el accidente y condenó el retraso de la ambulancia. Describió sin vacilaciones la angustia de la vecina histérica. Se encuentra en estado de shock, explicó el portero, el hijo se la ha llevado a su casa y ha puesto el apartamento en venta. Los perros siguen allí. Ha sido una desgracia. Sí, una desgracia, reconoció Rita. Irene los escuchaba hastiada, tenía sueño. Cuando el sol desaparezca detrás de ese edificio, se prometió, me levantaré de aquí.

Aún quedaba un buen trecho de cielo azul hasta el atardecer. De modo que Irene se volvió para escuchar la conversación parsimoniosa de Rita con el tenaz conversador. La luminosidad de la ventana le había contraído las pupilas, por lo que tardó unos instantes en ajustar la vista a la falta de luz de la sala. El techo se oscureció, Irene sintió vértigo y se apoyó contra el respaldo de la silla. Recostó la cabeza contra la pared, mantuvo la calma y esperó a que la ceguera remitiera. Rita y el portero habían salido. Un reflejo instintivo la llevó a mirar el ataúd para comprobar que seguía allí. Así era. No obstante, el cadáver tenía medio cuerpo descubierto y las manos apoyadas a los lados, lo cual hacía que el féretro pareciera un barquito de pesca. Álvaro estaba sentado y la miraba con una sonrisa.

—Qué bien que hayas venido, Irene —le dijo con dulzura.

El pánico le trabó la glotis, quiso gritar, pero no lo consiguió; tensó las manos e hizo fuerza para abrir la boca. Pedía socorro. Se despertó de un sobresalto.

¡¿Mamá?! ¡¿Estás bien?! Tardó un poco en enfocar la vista. Cuando recobró la razón, se acordó de comprobar que el difunto seguía en su lugar. La punta de la nariz, el único pedazo de carne visible desde donde ella estaba, le confirmó que Álvaro seguía allí, tumbado. ¿Qué hora es? Las cuatro y media. Estoy cansada, tengo que irme. No falta mucho, insistió la hija. Irene se levantó para ir a beber agua al pasillo, dio un trago, pero se acordó de la cucaracha del surtidor del Instituto Médico Forense y desistió. Tampoco quiso ir al baño, evitaba tocar cualquier cosa; hasta el aire le daba asco. Regresó al velatorio.

Estaba de pie, frente a la entrada, cuando alguien entró dando una patada a la puerta. Era el capellán, todo él vestido para la ocasión, con una biblia en la mano. Parecía tenso. Se plantó en la sala y gritó:

—¿QUIÉN SERÁ EL PRÓXIMO?

Rita, Irene y el portero se volvieron hacia él, sobresaltados. No satisfecho, el padre repitió la pregunta:

—¡¿QUIÉN SERÁ EL PRÓXIMO?!

Los concurrentes presenciaron boquiabiertos cómo el párroco del cementerio invocaba la abominable plaga. ¿Quién ha llamado a este payaso? Rita, ¿has sido tú? Irene le plantó cara, indignada. Si la naturaleza era justa, ella sería la siguiente.

EL PADRE GRAÇA se despertó de madrugada. Rezó, realizó el aseo matutino, comió algo frugal, como de costumbre, y preparó el maletín con los objetos litúrgicos. El cementerio São João Batista lo aguardaba. Hacía veinticuatro años que cumplía con la función de llevar la palabra de Dios a familias que habían perdido a sus seres queridos. Al principio encontraba sentido en el sacerdocio, sin más. Pero ahora prefería que lo destinaran a una comunidad pequeña, donde aún hubiera fieles. Había sido testigo de la hostilidad y la falta de fe en la paz eterna de los seres urbanos. Su entusiasmo de seminarista había dado paso a un aislamiento estéril, y ya no veía salida. Soñaba con celebrar matrimonios, bautismos..., cualquier cosa menos aquello. La excesiva convivencia con la muerte lo había vuelto insensible. Ya no era adecuado para el cargo. Hacía unos meses que había enviado la solicitud de traslado, pero sus superiores no parecían tener prisa en encontrarle un sustituto. El padre Graça aguardaba con resignación. La perspectiva de tener que afrontar la sucesión de velatorios que le esperaba aquel día largo y cálido le consumía los sentidos. ¿Habría perdido la fe?

Quien lo viera entrar en el número 136, en Botafogo, jamás habría sospechado de la batalla que libraba en la intimidad de su alma. La idea de colgar los hábitos lo seducía, sobre todo de noche, como un demonio insistente. El cura le daba la espalda, pero de un tiempo a esta parte pasaba horas reflexionando, sin conseguir espantar su voluntad traicionera. Sería profesor, enfermero, empleado de banca, él mismo se ocuparía de Dios, sin tener que imponerlo a nadie. Estaba cansado de la cruzada contra el fuego amigo de los evangélicos y el enemigo de los ateos. Hemos perdido la batalla.

Y así, subyugado por la duda, el padre Graça inició sus oficios aquella mañana, encomendando a Dios el alma de una bisabuela de siete, abuela de quince, madre de cuatro y viuda de uno. A pesar de la tristeza, los parientes mostraron resignación por el deceso de la matriarca. Eran católicos practicantes, por lo que insistieron en celebrar una misa. Por breves instantes, el santo varón llegó a olvidar el rechazo que su propia labor alimentaba en ese momento. Concluido el servicio, dio las gracias a los presentes y les confesó: Hoy he entrado sin esperanza, pero salgo con la esperanza redoblada.

Las siguientes visitas redujeron a cenizas la comunión de aquella mañana. Un adolescente, una madre joven y un padre dedicado. De un total de cinco, solo la anciana de la mañana y un viejo al final de la tarde seguían la lógica natural, el orden que debía impedir que una madre enterrara a su hijo, que un niño quedara privado del cariño materno y que un padre faltara en los momentos de necesidad. Persuadido nuevamente por el número de veces en que Dios parecía estar durmiendo, el padre Graça se dejó arrastrar por el pesimismo. Soy un enterrador de Dios, murmuró.

Al anochecer, subió angustiado las escaleras de la capilla de camino a la sala número 10. Llegó a reducir el paso, convencido de su incapacidad para proporcionar alivio a quienes lo necesitaban. Yo soy quien necesita consuelo. ¿Quién me lo prestará? Y en ese momento surgió la oportunidad, la idea, la tentación. A un párroco le corresponde ser más firme que nunca cuando el rebaño se muestra más vulnerable. La fragilidad ante la muerte es propicia a la revelación. El engaño residía en la benevolencia pasiva del sacerdote. ¿De qué sirve la misericordia? El catolicismo debe elegir la firmeza como aliada. Soy un pastor, reflexionó, pero me siento limitado en una piel de oveja. Aparta de mí la bondad. Seré despiadado, viril, bélico y voraz. El lado terrible del ser divino. El Antiguo Testamento es mi guía.

Y, convencido de aquella nueva certeza, entró en la sala número 10 a las cinco menos cuarto de la tarde de aquel martes, se plantó en el umbral y bramó la cruel pregunta:

—¿Quién será el próximo?

Allí de pie, el padre Graça se calló, sosteniendo la puerta entreabierta, sin saber si aquel era el inicio o la apoteosis final de la misa. La cuestión del fin inminente debía despertar la conciencia de los vivos, pero no había ninguna señal de elevación. La estupefacción de los presentes solo expresaba reprobación. El padre Graça dirigió la mirada a una vieja dama elegante que lo miraba con asombro. Era Irene. La siguiente. Graça se arrepintió de la bravata, hizo una reverencia apocada y se marchó sin cerrar la puerta. Bajó las escaleras y se dirigió a la recepción; ya no quedaba nadie por quien orar. El día había terminado. Y su carrera también.

Fue la gota que colmó el vaso. Irene no tenía por qué quedarse allí, escuchando las injurias de un mamarracho que oraba por los difuntos, perdiendo minutos preciosos de vida para sepultar a un hombre que ya había nacido caduco. ¡Tengo que irme, Rita! ¿Dónde está Cézar? ¿Por qué no ha venido a ayudarte? ¿Qué clase de matrimonio es este que no merece el sacrificio?

Pero antes de que pudiera desahogarse con ella llegaron los enterradores para anunciar que ya podían salir. Irene los acompañó. Avanzó entre las alamedas, hasta lo alto del cementerio, y enterró a Álvaro en un sepulcro sencillo.

Al salir, tras cruzar las verjas del Tártaro, corrió a buscar un taxi. Se dejó caer sobre el asiento de atrás, volvió la cabeza a un lado para contemplar el tráfico por la ventanilla, el ir y venir de los vivos. Se observó las manos: eran manos de vieja, con las venas a la vista y la piel arrugada. Tenía más de setenta años, pero ella no se veía así. Echaba de menos los mimos de su padre, el rostro de su madre, la casa que tenían en Cosme Velho. Qué agradable era sentirse segura, y qué duro fue perder las certidumbres. La adolescencia destruyó su encanto, la escuela, su inocencia, y los hombres, su delicadeza. Ya nadie reconocía en ella a una princesa, solo lo hacía ella misma, allí, en el atasco de São Clemente.

El entierro, el velatorio, todo vino a la vez y de golpe.

¿Cuánto tiempo le quedaba? No necesitaba mucho. Estaba cansada, ya no hacía planes, no le importaría irse ahora. Tampoco su hija la necesitaba ya, lo cierto era que apenas se veían. Había dedicado los últimos treinta años a la soledad absoluta, a la ausencia de expectativas amorosas, a la no dependencia. Y lo había conseguido. Ya no sufría de ansiedad por no tener pareja, ni de angustia por superar etapas: el noviazgo, los estudios, el trabajo, la familia, los hijos, lo había superado todo en la medida de lo posible.

Aquella noche soñó.

Estaba en la playa. El sol se ponía detrás del cerro de Dois Irmãos, hacía buen tiempo, el mar permanecía en calma. Álvaro llevaba un *slip* de baño. Estaba de rodillas frente a ella, su espalda recortada contra un cielo anaranjado. Era delgado, fuerte, hermoso. Le sonrió.

—Qué bien que hayas ido. Qué bien, Irene.

Y la besó. Luego se quedaron así, abrazados. Un poco más tarde, frente al muro del Country Club, un corro de gente observaba a la pareja: era el grupo de terapia. Hablaban de ella, pero no alcanzaba a oír qué decían. Álvaro le preguntaba si todo iba bien, y luego le volvía la cabeza para que le respondiera mirándolo a la cara. Pero Álvaro se había convertido en Álvaro. Estaba flácido, calvo, esmirriado, y era impotente.

Irene abrió los ojos y no volvió a dormirse. Al día siguiente, llevó a su hija al aeropuerto.

RITA parecía orgullosa de haber cumplido con aquella tarea hercúlea. Habló de su padre del modo en que los hijos suelen hacerlo después del funeral, con solemnidad. Según ella, Álvaro estaba ungido de grandeza, cosa que jamás había poseído. Napoleón coronado en derrotas. Irene escuchó. Su papel era escuchar. Los hijos tienen poco interés en el sufrimiento de los padres, velan por conservar el lugar de la víctima, no les gusta renunciar a nada por nadie. Era el momento de Rita para recapitular sus actos, y el de Irene para valorar la madurez de su hija. Fingió valorarla. Cuando se despidieron, abrazó a su hija, se acordó de cuando era un bebé, del futuro que había proyectado para ella, de su llanto, de sus angustias, de las peleas, y luego miró a la mujer que tenía delante. Rita había crecido, había aceptado una vida modesta en el interior del país, con un hombre mediocre, pero sólido, fiel y presente. No se arriesgó ni perdió el tiempo. Poseía bastante de la pasividad bovina de su padre para contentarse con la victoria de sus hijos en el fútbol, la telenovela de las nueve y el Carnaval en el club social. Era feliz, bastante más de lo que había sido Irene. Y de Irene había heredado el orgullo. Era sumisa con la vida doméstica, pero jamás con su marido. Había logrado la victoria allí donde Irene había fracasado. Había sabido controlar los impulsos y satisfacerse en las insatisfacciones. Rita cumplía con maestría en las dos grandes obligaciones del mundo moderno: ser joven y activa. Iba al gimnasio a diario, comía bien y se ponía crema por la noche. Se ocupaba de la contabilidad del laboratorio de análisis de su suegro. Era buena para las cuentas, firme, recta y pragmática, como su madre; e ingenua como su padre. Había eliminado de su vida la duda. No tenía deseos, salvo cambiar de coche, organizar el cumpleaños de Felipe y Marcelinho, y el churrasco en la casa de campo. Irene sentía tanto desprecio como admiración por los actos de su hija. Fuera como fuere, era un regalo mejor del que prometía su nefanda adolescencia.

La piel de Rita se llenó de espinillas, sus caderas se ensancharon, y su barriga, graciosa a los cuatro años, se volvió un motivo de preocupación a los doce. Al final del cuarto año de primaria, llamaron de la escuela sugiriendo que repitiera curso. La misma rutina se sucedió durante los años siguientes. Diciembres perdidos con la expectativa de salvar las notas, berridos y horas plantada a su lado repasando ecuaciones y verbos irregulares... Lo que a Rita le gustaba era no hacer nada, ver la televisión y comer galletas saladas con queso de untar. Quería ser como las heroínas de las telenovelas, Lucélias y Lídias, Reginas y Glórias, ser besada por los galanes. Lo peor vino luego, cuando empezaron a darle igual las notas y dejó de bañarse. Solo se compraba ropa usada, llevaba sandalias y no se depilaba las axilas. Ponía a Led Zeppelin a todo volumen para que los vecinos lo oyeran, y respondía con rabia a cualquier pregunta que se le hiciera. Agredía a su madre, ridiculizaba su ropa y cualquier opinión que expresara. Irene era su enemiga acérrima. Después de repetir dos veces el primer año de secundaria, concluyó los estudios con un cursillo de bachillerato acelerado, el Fast, donde ni siquiera se le exigía asistencia. Pagó y aprobó. No intentó hacer las pruebas de acceso a la universidad. Todo parecía perdido. Una vez pagada la última cuota del Fast, para celebrar no se sabía muy bien qué, sus padres le pagaron un viaje a Minas Gerais. Quince días en Ouro Preto en compañía de dos amigas igual de raras. Irene pensó que estaba loca al dejar a aquellas tres en la estación de autobuses.

Rita perdió la virginidad en Ouro Preto, tenía dieciocho años, y volvió siendo otra persona. El noviazgo con Cézar la sedujo y todo volvió a su cauce. A diferencia de su madre, Rita era una mujer dada al romanticismo terrenal, saciable. Se casó a los veintiuno después de un largo noviazgo, y se marchó a Uberaba. Tenía dos hijos varones y acababa de perder a su padre. Su madre aún vivía y, gracias a Dios, gozaba de buena salud. Rita no alimentaba supuestos. Morirá en paz, pensó Irene, tiene una actitud extraordinaria. Y abrazó a su hija, esta vez con el merecido respeto.

La muchacha desapareció tras las puertas, e Irene se sintió perdida en el aeropuerto. Hacía tiempo que no viajaba. ¿Y si volvía a hacerlo? Se quedó a solas con sus frustraciones. Prefirió disfrutar de la compañía en público. Se sentó en la barra y pidió un café; esperaría hasta que confirmaran la salida del avión.

—¿Y por qué crees que le pegaste a tu hija?

—No sé. Se presentó borracha. Llegó diciendo que necesitaba dinero y se arregló para salir. Acababa de hacerse de noche. Le dije que no pensaba dárselo, pero me abrió el bolso y cogió un fajo de billetes sin permiso. Lo hizo delante de mis narices y se marchó tan tranquila por el pasillo. Aquello me pareció demasiado, así que cerré la puerta con llave y le ordené que devolviera el dinero. Rita me empujó con fuerza e intentó girar la llave, yo la aparté tirándole del pelo, y se golpeó la cabeza contra el canto del marco. No sé lo que hice. Le arranqué la llave de las manos y le di un guantazo, creo que en la cara..., no me acuerdo..., no me acuerdo. Siempre ha sido una niña difícil.

—¿Y tú, Irene? ¿Tú eres difícil?

Irene se enfrentó a la Santa Inquisición. Había un placer explícito en el rostro de los presentes por el hecho de que aceptara el papel de reo con semejante abnegación. El regocijo del grupo crecía con cada fracaso de Irene. Esta había aceptado la posición de mujer frustrada, débil, lo cual permitía a los demás exorcizar su conciencia. La pregunta de Vera era una clara acusación de que el origen de la histeria de la hija radicaba en la madre. Todos aguardaban la expiación, el *mea culpa* que, según la teoría, acabaría con las miserias psíquicas que mantenían cerradas las puertas de la felicidad. El escollo. Ahora bien, para ello Irene debía admitir ante aquel tribunal que la agresividad de Rita tenía origen en la madre neurótica que era, en la frigidez sexual que sufría y en la envidia que tenía a los demás y que se resistía a confesar.

—Su problema es el matrimonio.

—Necesita follar.

—¿Quién? ¿La hija o la madre? —dijo Roberta, riéndose. Precisamente ella, cuyo marido le pegaba y tenía un hijo drogadicto.

¿De qué se ríe?, pensó Irene.

—¿No será que Álvaro es impotente porque tú ya lo eras antes?

—En tu casa sois todos impotentes. Por eso la niña está como está.

—Alguien tiene que echarte un buen polvo, Irene.

La última sentencia vino de boca del macho alfa del grupo, un hombre atractivo, alcohólico y seductor. Se sospechaba que tenía un lío con Vera. La terapeuta había sufrido grandes transformaciones: había adelgazado, se ponía más faldas, tacones y pintalabios... El cambio había coincidido con la llegada de Paulo, que nunca hablaba de sí mismo y se divertía con el psicodrama de los demás. A Paulo le gustaba zanjar los ataques dirigidos a Irene con frases irónicas, siempre machistas, basadas en las carencias femeninas y las glorias del pene.

—Tú eres un caso clásico de mujer mal follada —decía, sugiriendo que él sabría resolver el problema aunque no tuviera ninguna intención de hacerlo.

Irene terminaba las sesiones masacrada, Vera apenas intercedía. Era como si la doctora la hubiera abandonado desnuda, en medio de la sabana, a merced de unas víboras carnívoras.

Salió del ascensor escondiendo la cara, hinchada de tanto llorar. Decidió ir a pie. Qué feo era Botafogo. No solía serlo, pero acabó siéndolo y así se quedó. No quería volver a casa. Allí estaba la madre de Álvaro. El marido decrépito de esta la había acusado de adulterio y la había amenazado con meterle una bala en la cabeza. Era una buena suegra, callada, discreta, pero hacía un mes que dormía en el despacho de casa. Se pasaba el día entre la cocina y la sala de estar, manejando el horno y viendo la televisión. Le gustaba la cocina, por lo que fue la salvación cuando la cocinera anunció que se iba, el único alivio, pequeño alivio, en medio de tanta debacle. Rita iba a suspender sin remedio una tercera asignatura, y hasta el perro estaba en las últimas, interno en una clínica veterinaria de Copacabana. Ya era viejo, había sido el regalo del octavo cumpleaños de Rita después del fracaso del libro de Monteiro Lobato. El pobre animal ya no veía nada; olía mal, cojeaba y padecía de complicaciones intestinales. Vivía en un rincón del lavadero, y sería una bendición que alguien llamara para decir que había pasado a mejor vida. La noche en que se levantó de la cama para llevar al animal desmayado a urgencias, Irene pensó en sugerirles que lo sacrificaran con una inyección, pero su pudor católico frenó el impulso. Cómo le habría gustado oír que Major ya no volvería a despertar. Pero lo hizo. Porque el pobre quería morir rodeado de los suyos, dijo la suegra, emocionada. Los viejos se emocionan con cualquier cosa. Irene pensó en tirarlo por la ventana, le habría encantado hacerlo, pero se limitó a sonreír y a fingir alegría por la supervivencia del animal.

Ahora caminaba sin rumbo por Botafogo, sin tener donde ir. Si pudiera, mudaría de piel, saldría de sí misma, cambiaría de nombre, empezaría de cero otra vez. Hasta que cumplió los treinta, Irene pensó que atravesaba un periodo de prueba, viendo lo que sucedía, jugando por jugar, pero cuando su hija dejó de ser bebé se dio cuenta de que el futuro se define pronto. Rita era insegura, aburrida y gorda, además de poco dotada intelectualmente. Irene jamás pensó que no sería capaz de realizar su ideal de madre, con ella y con sus hijos. Reconocía haberse equivocado al elegir marido, profesión, amigos, pero cargaba con la prepotencia de que haría de Rita un ejemplo. Fracasó.

Matricularon a la niña en un colegio tradicional, católico y exigente. Sería abogada o economista, pronosticó. Sin embargo, durante la etapa de alfabetización, los garabatos que hacía al escribir, las dificultades de lectura y la incapacidad para comprender nociones básicas de matemáticas revelaron que algo no saldría según lo previsto. Los pequeños problemas de aprendizaje adquirieron proporciones catastróficas. Para evitar que repitiera curso, la familia pensó que lo mejor era cambiar de escuela. Optaron por Piaget. Irene la matriculó en una institución experimental del Jardim Botânico, acudió a las reuniones de padres, a las charlas sobre la libertad y la creatividad del niño, entendió la importancia del descubrimiento y el placer de aprender frente a una enseñanza autoritaria, jerárquica, que aplicaba aquello de la letra con sangre entra. El primer día de clase, dejó a Rita en el colegio, convencida de que el problema no estaba en la niña, sino en el sistema. Esta convicción no duró ni un semestre. En junio, Rita recibió una evaluación pésima del grupo de psicólogos y profesores. Si hubieran tenido boletín de notas, le habrían dado un suspenso. Además, se volvió más inquieta, rebelde, dejó de comer sentada, no paraba quieta y dibujaba compulsivamente pechos y falos. Los interminables deberes que le ponían en el colegio anterior desaparecieron con Piaget. Preocupada, Irene solicitó una reunión en la escuela. La psicóloga le explicó que la niña debía hacer los deberes solo si estaba motivada. Las redacciones tampoco eran obligatorias. Irene expuso sus argumentos a favor de la disciplina, así como su preocupación por la blandura con que se trataba a Rita, pero nada de esto tenía relevancia para la terapeuta. Lo que a ella le preocupaba era otra cuestión. Mire esto, dijo, sacando una hoja de papel entre una pila de dibujos. Era un pintarrajo de Rita, un falo ahorcado por el glande, con un «papá» escrito debajo. Al lado, una criatura con púas, semejante a un erizo rosado, exhibía dos ojos rabiosos y una boca con dientes puntiagudos. Un «mama» sin acento subrayaba la composición.

—Tal vez les venga bien una terapia familiar —dijo, y dio por concluida la reunión.

Vagando por São Clemente, Irene trataba de aceptar que había perdido el control. Se esforzaba por separar su propia vanidad del destino de su hija, pero era difícil. Comparaba el desarrollo de su hija con el de sus compañeros, con el de los hijos de sus amigos, todos fuertes, sanos, y sufría con su inferioridad uterina. He procreado mal, pensaba. El nudo en la garganta la obligó a detenerse. Se sentó sobre un murete, jadeaba de agonía, se sintió mareada y sofocada. ¿Hacia dónde huir? Se acordó del club, aún le quedaba fuerza de voluntad suficiente para calmar los nervios con la natación.

Hizo quinientos metros sin pensar en nada. Se encontró mejor al salir de la piscina y se dio un baño en el vestuario. Como había olvidado el carnet de socia en casa, la obligaron a pasar por recepción para poner un sello en una autorización que debía entregar al socorrista. Rogó que le permitieran encargarse del papeleo después de relajarse, y accedieron. De modo que, ahora, subiendo las escaleras de la administración, se alegraba de tener que hacer la gestión, pues era un motivo más para dilatar el regreso al hogar. Un hombre atlético que aparentaba unos cincuenta años, bronceado y atento, se ocupó del trámite. Era Jairo. Se quejó de la rigidez del club, una mujer guapa como Irene no merecía que la trataran así. Irene se puso colorada con el comentario. Pocas veces oía elogios, ya ni recordaba que existieran, pero aquel «guapa» hizo que le flaquearan las piernas y que le palpitase el corazón. Sonrió, ruborizada, y bajó la vista. Volvía a tener quince años. Empezó a frecuentar el club a diario, y siempre sin el carnet. Subía las escaleras en cuanto cruzaba el torno de acceso, acudía a Jairo para gestionar la autorización y se dirigía a la piscina. Mientras daba brazadas cadenciosas, fantaseaba con tener encuentros con su raro fetiche. El cargo de gerente insuflaba aires de rey a Jairo, que empezó a acompañarla hasta la piscina. Luego, empezaron a quedar a una hora concreta en la entrada para que Irene no tuviera que subir expresamente. Él la conducía hasta el torno y ordenaba que le abrieran. A la tercera semana, Jairo le pidió que regularizara la situación, porque sus jefes le habían llamado la atención. Y porque no le veía sentido a recurrir a excusas tontas para ocultar el deseo de estar con ella. Irene casi se desmayó al oír esto. Ya no recordaba cómo era ser cortejada, había dado la espalda al romanticismo. Jairo tenía todo lo que Álvaro le negaba. Era varonil y directo. La tarde que regularizó el carnet, él insistió en acompañarla hasta el coche. Permanecía apoyado sobre la ventanilla, Irene se disponía a encender el motor cuando, sin avisar, le rozó con la mano la nuca y la agarró por el pelo. Le pidió que se viera con él en un bar de la calle Farme de Amoedo a las seis. Irene no respondió. Apabullada, dio marcha atrás y casi se llevó la barrera por delante.

El hotel Agris estaba en un edificio un poco cutre al final de la calle Farme, casi en la entrada al vertedero de la favela del Cantagalo. Se encontraron en un bar con terraza a unas tres manzanas del hotel. La conversación no duró mucho. Jairo se tomó un primer whisky, sacó un billete de la cartera y lo dejó sobre la mesa con una buena propina.

Salieron abrazados, ella estaba nerviosa, él, concentrado, los dos, excitados. Entraron en la habitación 304, que daba al patio trasero. Las sábanas con olor a desinfectante, el jaboncillo de un baño pequeño..., nada era como en la fantasía de Irene, pero era un paso, una actitud, un comienzo. Él llegó hasta el final, ella no, pese al esfuerzo; pero no se frustró, al contrario, asistió encantada al gesto contorsionado de Jairo sobre ella, debido a ella, en ella, y salió deleitada a la calle Visconde. Jairo se colocó del lado del bordillo para protegerla de los coches y paró un taxi. Antes de abrir la puerta, dio un largo beso a su amante. Y, antes de dejarla marchar, pidió al conductor que fuera con cuidado. Él sí que sabía ser un hombre.

En la sesión de terapia, Irene fue aplaudida.

Las habitaciones separadas disimularon su descontento. Cuando llegaba a casa después de sus encuentros con Jairo, Irene no tenía la obligación de acostarse con Álvaro; por la mañana, bastaba con estar pendiente del ruido de la ducha y los portazos para no tener que cruzarse con él. Raramente se veían. Su marido, asolado por los problemas familiares, sintió alivio con el inesperado buen humor de su mujer. Si era algo bueno para ella, era algo bueno para él.

Dormían en camas distintas desde hacía dos años. Sucedió por casualidad, después de una discusión, una más, a causa de unos comentarios jocosos de Sílvio durante una comida de domingo en casa de Ciro. Sílvio bebió y le dio por burlarse de Álvaro. Destilando mordacidad, sentenció que Irene había escogido al peor entre ellos. Habló de las manías de Álvaro, de sus ronquidos, de su falta de ambición. Álvaro no nos gana ni a los chinos, soltó, y se rio a más no poder. Ciro le mandó callar, lo cual no hizo sino aumentar la verborrea de Sílvio. El mal amigo enumeró las mujeres que habían rechazado a Álvaro. Bete, Cláudia, Mina, Sandra, Paula, Maureen... Hasta la loca de Dora le dijo que no. Me asombra, Irene, que tú le dijeras que sí. Te merecías algo mejor.

La diatriba habría muerto con el borracho si no hubiera reflejado de manera tan precisa las insatisfacciones secretas de Irene. Se puso el camisón y se fue a la cama furiosa. Álvaro llegó del baño, se puso el pijama y se metió bajo el edredón como si aquella tarde no hubiera existido. Irene estalló. Quería entender por qué su marido había soportado aquella humillación sin replicar. Le preguntó si intuía siquiera lo que a ella le ocurría. Si intuía que sentía vergüenza de él, que tenía toda clase de carencias. Álvaro pidió disculpas por existir, le dijo que aceptaría lo que ella quisiera, de la manera que quisiera, cuando quisiera. La respuesta la enfureció todavía más. Irene se levantó para sacar una sábana y una almohada del armario, hizo la cama de la habitación de invitados y le pidió que durmiera allí aquella noche. Álvaro obedeció, y nunca más regresó al dormitorio. No se separaron porque Irene temía más la soledad que la frustración afectiva. Le gustaba oír el ruido que hacía la llave en la puerta cuando Álvaro llegaba por la noche, la presencia del padre, las cuentas compartidas por igual. Y no alimentaba ninguna ilusión en cuanto a la posibilidad de encontrar algo mejor en el futuro. Al contrario que Ruth, Irene nunca supo qué significaba ser femenina. Los chicos se desvivían por Ruth, siempre había sido así en la escuela, en el instituto y, sobre todo, en la facultad. Cursaron Letras juntas. Ruth se había casado con el mejor de los cinco, y ella, pese a ser una mujer deseable, con el peor. Jamás lo entendió.

Álvaro era amigo de Ciro. Ruth habló muy bien de él a Irene, hasta que la convenció. Ella estaba cansada de estar sola, hacía más de un año que no salía con nadie. El último novio se había marchado a España. Pensó en irse con él, pero habría tenido que renunciar a las clases que empezaba a impartir, a su vida en Brasil. Prometieron mantenerse en contacto a distancia. La correspondencia duró unos meses, pero, de repente, menguó. Él se casó con una andaluza el verano siguiente y nunca más volvió a dar señales de vida. Álvaro estaba contrahecho, era desmañado, pero poseía un sentido del humor perverso, autodestructivo, que cautivó a Irene. ¿Por qué no? Ella jamás lo quiso, siguió con él para esperar al siguiente tranvía que la liberaría de aquel pequeño desvío; pero el tranvía nunca llegó. Los amigos en común, el tiempo y el azar los ataron. Álvaro escogió el anillo, Ciro lo ayudó, y un domingo de sol, con Ruth y Ciro como testigos, Álvaro pidió a Irene en matrimonio. El vino era bueno, la tarde, de otoño, ¿qué más daba el novio? Aceptaré, decidió, luego ya me separaré, a ver cómo acaba. Pasaron trece años, y ella mantenía la expectativa de que alguien la salvara. Jairo. Jairo la liberaría de Álvaro.

Qué tonta soy, pensó mientras contemplaba cómo el avión alzaba el vuelo sobre la bahía de Guanabara. Me encantaría estar ahí dentro.

SÍLVIO no pudo disimular su alegría al dar las malas noticias.

—Un pajarito me ha contado que tu señora está pensando en abandonar el hogar por un tipo del gimnasio donde va a nadar. Abre los ojos, Alvarozinho, que estas mujeres están muy descocadas. *Willing and able!*

El pajarito era Paulo, el mismo de la terapia de grupo. Uno de los pasatiempos predilectos del Casanova era relatar las miserias de los pacientes a los amigotes de la playa. A Vera le gustaba discutir las sesiones con él durante los frecuentes encuentros íntimos que muchas veces tenían últimamente en la consulta. A ella le encantaba la franqueza de Paulo, su seguridad, su amor propio. Es verdad que era alcohólico, pero salvando esta falta era perfecto. Estaba enamorada, y había perdido la compostura. Hablaban mal del grupo, se reían de la desesperación ajena y eran felices como nadie.

Bastaba un chupito de cachaza en el bar del Coqueirão para que Paulo empezara a despotricar sobre las desventuras relatadas durante las últimas sesiones de terapia. Las horas extra con la terapeuta enriquecían el vocabulario de certezas del difamador. Desde que el caso con Jairo había prendido, la intimidad de Irene se había convertido en su culebrón predilecto. Paulo calibraba desde la distancia a su semejante. ¿Jairo? Ese es un canalla de primera, profetizaba, aferrado a la ocasión que tenía de asistir desde el palco a cómo Irene caía en las redes del semental.

—Esta tonta tirará la toalla la semana que viene, escucha bien lo que te digo. En un mes, el tal Jairo ya no responderá a sus llamadas; a los dos meses, suplicará al cornudo pichafloja del marido que vuelva con ella —promulgado el decreto, apuró la cerveza y se dirigió hacia la red de voleibol.

Ribeiro conocía a Paulo de nombre. Tenían un amigo en común, bombero como él. Prefería al grupo de amigos de la calle Miguel Lemos, pero ese día surgió la ocasión de ir al Coqueirão y aceptó porque les faltaba un jugador para un dos contra dos. Compartieron el campo con Paulo. Antes del partido tomaron una cerveza que soltó la lengua del bocazas. La mención del nombre de Irene fue lo primero que llamó la atención de Ribeiro; el marido impotente, la hija histérica y el perro moribundo confirmaron que se trataba de la mujer de Álvaro, su Álvaro. A Ribeiro le fastidió enterarse del lío, porque tendría que tomar una postura, pero ¿cuál? Debía compartirlo con alguien. Ciro, el padrino del matrimonio, prefirió una opinión más imparcial, y escogió a Sílvio de alcahuete.

Sílvio se exaltó, pensó en introducirse en el grupo, iniciar una terapia, conocer a «aquella tal Vera», una analista tan abierta a nuevas experiencias. Ribeiro sufría el dilema de contarlo o no, el dilema de la traición. Recordó la vez en que censuró duramente a la exnovia de un primo suyo, sin pensar que la pareja podía volver a reconciliarse el fin de semana siguiente. Acabaron casados, y siendo padres de tres hijos. Y él fue el que quedó mal. Sílvio hizo de consejero, argumentó que no era capaz de encontrarse a Álvaro y no contarle la verdad, y casi imploró asumir el papel de Casandra. Ribeiro delegó en él la misión y se libró gustosamente del peso.

***

A Álvaro no le gustaba la playa, solo iba porque lo hacían todos, pero se quedaba bajo el toldo, sentado en una silla plegable, leyendo el periódico y bebiendo mate. Raras veces se daba un chapuzón, y solía llevar un cubo lleno de agua para limpiarse la arena de los pies al marcharse. Aquella mañana luminosa, mientras hojeaba el suplemento deportivo, Sílvio se aproximó con gesto preocupado; se sentó bajo el toldo para aprovechar la sombra. Consternado, le habló de la infidelidad de Irene, y zanjó el tema con su *willing and able* (le gustaba presumir de su protoinglés). Álvaro odió a Sílvio por disfrutar con algo tan triste como ver a un amigo lavar sus miserias en la confusión de la playa, en concreto a la altura del Puesto 9. Entonces comprendió la alegría reciente de su esposa, el porqué de su ingravidez. Irene se le escapaba. Paulo había dado en el clavo: al mes regresaría, aturdida, le pediría que la dejara volver; en un año tendría la menopausia y se enfrentaría a una depresión de caballo. Dos años después volvería a encontrarse bien, pero nunca más estaría con otro hombre. Aquel fue el principio del fin de la vida sexual de Irene. Y no habría sido muy distinto si no se hubiera divorciado.

Con gesto serio, Álvaro recogió el toldo, la esterilla y la silla, guardó el periódico en la bolsa que llevaba, se puso las zapatillas, cogió el sombrero, el cubo de agua y volvió al paseo marítimo. Antes de afrontar la ardiente travesía, miró a Sílvio con gravedad y deseó verlo muerto.

Sin embargo, aún habrían de pasar veinticinco años para que esto sucediera.

Sílvio

* 13 de junio de 1933
† 20 de febrero de 2009

Dame tres de cinco. Y el lanzaperfume también. ¿Cuánto?... ¿Aceptas cheques? No tengo. Cien..., sesenta... doscientos cinco..., doscientos diecisiete..., me he perdido. ¿Cuánto? ¿Dos de cinco por esto? ¿Y el lanza? Incluye el lanza, joder... ¡Que es Carnaval!

Sal de este antro enseguida, rey. Odio los antros donde venden droga, siempre creo que me van a matar. Aquí, aquí... No viene nadie. ¿Qué mierda de polvo cortado es esto? Es vidrio molido. Es para joderse. ¿Dónde coño estoy? Evaristo da Veiga. Evaristo da Veiga... Evaristo da Veiga... ¿Dónde está Evaristo da Veiga? ¿Quién fue el sádico que bautizó a su hijo con un nombre así? El mundo está perdido. ¿Dónde está Arcos? ¿Dónde está el puto mar?

Olha a cabeleira do Zezé... Será que ele é?... Será que ele é?... ¡Maricón! Me encanta esta música. ¿Y el lanzaperfume? Uuuuuuóóóó....... ¡Cojonudo! Me he caído y sigo de pie, estoy como una puta cabra. Tengo que coger un taxi y volver con Suzana... Ella está con... con..., ¿o no?... No, Suzana... Su... zzzz...

Hace año y medio estaba casado con Norma. Hacía un año y medio que ella no era virgen. Norma no me ofrecía el culo, me la chupaba por obligación y perdió aquel miedo a abrir las piernas que tanto me alucinaba al principio. Era un callejón sin salida, yo ya lo sabía, pero aún no había decidido qué hacer. Aquel domingo estaba en el jardín de la casa de Ciro, pensando en la cara suplicante que puso Norma con el bebé de Neto en brazos, cuando la loca apareció. Suzana me sonrió como una cría, encendió un porro y volvió el rostro para tomar el sol.

Suzana. Sílvio. Sílvio también empieza con «s», me dijo. Sí, es verdad, le respondí. Me ofreció el canuto, y lo cogí. ¿Tú eres amigo de Ribeiro?, me preguntó. Muy amigo, sí, le dije. Y nos quedamos callados, mirando al frente.

¿A qué te dedicas? Trabajo en el Banco do Brasil. Caray. Mi padre habría querido que me quedara en el Itamaraty*, pero es que no soporto el amaneramiento. ¿El amaneramiento? En el Itamaraty abundan las truchas. Pues a mí me gusta la trucha, dijo ella. A mí también, respondí. Y nos reímos con complicidad. ¿Y tú? Le devolví el cigarro. ¿Yo qué? ¿A qué te dedicas? Soltó una bocanada y respondió: a salir con Ribeiro.

Siempre sentí desprecio por Ribeiro. El primero de todos era Ciro, luego Neto, Álvaro, y Ribeiro estaba muy al final de la lista. Ciro era heroico, Neto conservador, Álvaro trágico y Ribeiro tonto. Así de simple. Era un palurdo al que le gustaba follarse a vírgenes. Pero ¿qué te aporta follarte a una virgen?, le preguntaba yo. Él decía que era lo que le gustaba, pero en realidad ninguna mujer con más de una neurona soportaba la compañía de Ribeiro.

¿Qué le verá esta chica?

Y hablando del rey de Roma, por la puerta asoma. Neto salió para pedirnos que apagáramos el cigarrillo porque a Ruth no le hacía ni pizca de gracia. Yo me reí, era ridículo, y se quedó con la boca abierta cuando nos vio juntos. Suzana también se empezó a partir de risa, me dio la colilla y se marchó agarrada a él. Ribeiro se alejó con la cabeza vuelta hacia atrás, como un simio rabioso. Uy, qué miedo...

---

* El Palacio de Itamaraty, obra de Niemeyer, alberga en Brasilia el Ministerio de Asuntos Exteriores. En él se imparten cursos para acceder a la carrera diplomática o sobre las relaciones diplomáticas; los alumnos son a menudo hijos de familias acomodadas o influyentes. (N. de la T.)

A las once y media de la noche sonó el teléfono. Yo ya estaba en la cama. Norma lo atendió y dijo que llamaban del banco. Me extrañó mucho. Era Suzana. Me contó que Ribeiro le estaba haciendo la vida imposible por mi culpa y que no tenía adónde ir. Me inventé una transferencia de Japón, un télex que tenía que llegar al banco, y allí mismo, delante de Norma, quedé en verme con Suzana en la oficina de la calle Primeiro de Março. Norma se lo tragó, y yo desaparecí por el pasillo. Crucé volando el túnel que lleva a la avenida Presidente Vargas.

Suzana estaba en la esquina, delante de la iglesia de la Candelária, vestida con una minifalda lo bastante corta como para dejar entrever el color de las bragas. Verdes. Estacioné el coche allí mismo, abrió la puerta hecha una furia, se sentó al lado y me dio un beso con lengua que me dejó pasmado. No me lo esperaba. La miré fijamente a la cara sin poder pensar en otra cosa que en darle un revolcón, de modo que me dirigí hacia el piso de la Glória. Nos enrollamos en el coche, en el ascensor, y echamos un polvo en la puerta del apartamento. Habían pasado ocho horas desde el encuentro en el jardín de Ciro.

Repetimos hasta que ella cayó redonda. Ya era muy tarde. Me puse el traje y sacudí con fuerza a Suzana, le dije que tenía que volver con Ribeiro porque yo no quería meterme en jaleos. Empezamos a vernos regularmente, Ribeiro estaba cada vez más celoso, Suzana era cada vez más Suzana, y a mí cada vez más me hastiaba la vida de casado.

Todo esto pasó cuando Norma se quedó embarazada por segunda vez.

Me he quedado frito. He tropezado con el empedrado. Qué peste a meado. Creo que soy yo... No, es la alcantarilla. Estoy anestesiado. Levántate, Sílvio, sigue adelante. Tengo que coger un taxi. Puto mareo. Esta vez me va a costar aterrizar. Tengo un Dormonid en casa. Tengo que llegar al apartamento. ¿Dónde están los taxis? *A estrela-d'alva no céu desponta...* El lucero del alba anuncia el final de la fiesta. Se está poniendo azul..., el cielo..., añil. Odio el amanecer. Puto mareo. ¿Dónde he metido el polvo de vidrio? Una más, una más para poder llegar a casa. Mira esos criajos que vienen por ahí, hay que joderse.

En la zona de Cinelândia siempre hay taxis, en Cinelândia hay taxis, en Cinelândia hay taxis. En Cinelândia. ¿Hacia dónde queda Cinelândia? *Tu não tens pena de mim..., que vivo tonto...* Vivo tonto. Atontado. Pasmado, siento que entro en trance cuando mis facultades están alteradas, me pasa siempre. Empecé a fumar a los doce, a beber a los trece, y me enganché a las pastillas a los quince. Perdí la virginidad con una puta, un primo me llevó a un burdel cuando ni siquiera se me había desarrollado la polla del todo. Me encanta el cachondeo. Tenía la colección entera de cómics eróticos de Carlos Zéfiro, y me iba de putas todas las semanas con aquel primo, Valdir. Nos hicimos muchas pajas juntos. El pobre murió joven, a los dieciocho, de tuberculosis.

Yo era buen alumno, y mi padre se emperró en que fuera al Itamaraty. En el curso conocí a chicos de buena familia que se divertían como adultos. Los ricos son más pervertidos que los pobres. Los ricos no tienen moral. Aquellos tíos no la tenían. Fui aceptado gracias a un amigo anestesista (el legado de Valdir) que suministraba sin receta médica medicamentos muy fuertes; ellos traían el whisky, y cada uno se comprometía a llevar a dos acompañantes a la fiesta.

En una ocasión, alguien trajo a Miranda, una menor. Vino con Fausto, dijo que era prima suya. Nadie se planteó la edad de la chica, porque estaba allí con Fausto, pero boba no era. Fue la primera vez que vi a dos tíos dando caña a una tía. Fausto y Bernstein. Me puse a mil. La erección no se me fue ni en la comisaría. Los padres de Miranda habían puesto a la policía tras la pista de Fausto, y fuimos a parar todos a la cárcel.

Me expulsaron del Itamaraty. Mi padre, desesperado, logró que me dejaran presentarme a un examen para entrar en el Banco do Brasil gracias a un director conocido; la cuestión era tapar el suceso. Pasé el examen y resolví los siguientes cincuenta años de mi vida. El único requisito era estar presente durante el día. Lo demás —la jubilación, la paga de Navidad, las vacaciones y la bonificación— vendría solo con los años de antigüedad. Lejos de la aristocracia diplomática, la vida se volvió bastante más aburrida. Las cajeras querían casarse, las gerentes, formar una familia, y los hombres solo eyaculaban cuando su equipo marcaba un gol. De modo que prefería recrearme fuera del entorno laboral.

¡Ahí! ¡En la esquina del Teatro Municipal! Unos tipos se están bajando de un taxi. ¡Mierda, me he caído otra vez! ¡Malditos pedruscos! Una última dosis de lanza antes de llegar a casa.Uuuuuuóóóó... Uuuuuuóóóó... ¡Cojonudo! ¡Cojonudo! Cojonu...

Norma era mona, pequeñita e ingenua, hija de un antiguo hacendado. Vivía con su familia en Ribeirão Preto. Un año fue a Río a pasar unas vacaciones, y mi madre me pidió que le hiciera de cicerone. La llevé al teleférico, a ver al Cristo do Corcovado, a la playa, a tomar helado, se la presenté a los amigos, pasaron semanas antes de darnos un beso, y fue sin lengua. Me hice pasar por un tipo romántico, fingí que no esperaba nada de ella, que estaba enfermo de amor, que me deprimía la idea de que fuera a marcharse... Últimamente me aburría con tantos pendones, tanta mujer fácil... Eran vulgares, se desmadraban, y la mayoría había pasado por la cama de todos los miserables a los que conocía. La pureza de Norma se convirtió para mí en un fetiche.

En aquella época, la vida era imposible sin cumplir ciertos rituales. El matrimonio era uno de ellos. Me di cuenta de que Norma tenía vocación de geisha. Iba a estar tan agradecida por haberla sacado del campo que tragaría con cualquier ofensa para mantener su matrimonio. Norma sería mi liberación.

Mi madre lloró con la noticia.

Cuando levanté la falda del vestido de novia, desvariando por la borrachera de la celebración, Norma temblaba como una hoja. Me transformé en una bestia y poseí a la pobre como un bárbaro pagano. Después me caí redondo y me puse a roncar. Aquella noche oí a Norma llorar. Déjala, pensé, ya me ocuparé mañana. Una vez sobrio, la traté mejor, y la vida siguió sin problemas. La rutina con los amigos era un derecho sagrado. El horario incierto de la jornada laboral, también. Yo no nací para santo. Mi padre murió y me dejó unos ahorros. Con ellos compré mi refugio en el barrio de la Glória.

Norma salía mucho para llevar a Inácio al parque, a la playa, al médico; yo llegaba por la mañana, dormía hasta tarde y, en cuanto acababa de cenar, volvía a salir a la calle. Vivimos así durante dos años, sin que notara mi ausencia. Las mujeres como Norma solo tienen ojos para sus hijos. Todo estaba en orden, hasta que apareció Suzana.

Alguien le contó a la madre de Norma que tenía una historia con una hippie de Bauru, y aquella informó a su vez a su hija. Norma estaba en el noveno mes de embarazo. Con una madre como aquella... Claro, se puso de parto y casi perdió a la niña. Vanda nació morada, fue una pesadilla. Cuando volvió del hospital, Norma se encontraba destrozada. Mi suegra se mudó a nuestra casa para ocuparse de la retaguardia. Cuando me veía, entornaba los ojos con indignación. Soporté durante una buena temporada aquel infierno, hasta que ya no pude más. Envié a Inácio al internado, contraté a una enfermera para cuidar de Vanda, me cuadré con mi suegra y me largué al barrio de la Glória.

En la gloria...

Suzana por las mañanas, Suzana por las tardes, Suzana por las noches. Con ella recuperé el tiempo perdido. Valdir, los diplomáticos, las juergas..., todo volvió con más fuerza que nunca. Y era mucho mejor, porque ya no era un niño. El día de la mudanza, Suzana me preparó una sorpresa, hizo venir a dos amigas de Bahía para que me ayudaran a organizar el desorden. Luego se quitaron la ropa y se quedaron en el sofá acariciándose para que yo las viera. Suzana se me subió encima y me dio la bienvenida. Ribeiro no era lo bastante noble para ocuparse de aquella mujer. El aristócrata del grupo era yo, Silvinho.

Mierda de calor..., y estas palpitaciones, y el tembleque... Parkinson. Tengo que tomarme el medicamento. ¡Qué medicamento, si es veneno! Se está formando un grupo de gente. ¡Largaos de aquí, joder! No sé cómo me llamo. ¡No me toques los cojones, que no te voy a dar mi nombre! Un hijo de puta disfrazado de cebra me está intentando levantar. ¡Déjame en paz, cuadrúpedo! Aquí estoy bien. ¿Dónde? ¿Dónde estoy? ¿Por qué hay un tipo vestido de cebra que me intenta levantar? Otra vestida de Colombina..., es un travelo..., pero ¿dónde coño he ido a parar? ¿Por qué hace tanto frío? ¡Cebra! ¡Eh, cebra! Que alguien llame una ambulancia y que me seden con Propofol. Pero ¡solo Propofol! ¡El de Michael! Jackson... Five... Se han ido. Gracias a Dios, me han dejado en paz.

Mi hijo me arrastró al hospital el día en que aparecí en pelotas en la portería pidiendo fuego. Quería encenderme un cigarro. No hice ni amago de reaccionar, le di la mano y me dejé llevar. El Parkinson acaba con la iniciativa de uno. No sé cómo Inácio me sigue teniendo cariño, porque he hecho todo lo que puede hacer un padre para que su hijo le odie. Nunca lo he entendido. En la clínica me pusieron boca abajo y emitieron el veredicto: en adelante, tendría dificultades para andar, hablar, comer, pensar, dormir y follar. Una gran noticia. Y que encima tenga que pagar para oír esta mierda... Me arrepentí de no haber acudido antes al hospital, algunas pruebas requieren anestesia, de esa con la que solo experimentan en las mejores enfermerías del ramo.

El tratamiento para el Parkinson es mucho peor que la propia enfermedad. Y no hay cura. La medicación te acelera la cabeza, te provoca sudores, frío y un miedo del carajo. El médico pone el sello en la receta y te envía a casa de la mano del increíble Hulk. Esos médicos son unos tarados: 25 mg de Carbidopa, 250 mg de Levodopa, 25 mg de Clorhidrato de benserazida. Para que el farmacéutico te entregue el paquete, tienes que presentar el documento de identificación fiscal, el carnet de identidad, la tarjeta electoral, el certificado de antecedentes penales y una foto. Es más fácil comprarse un arma y pegarse un tiro. Y eso sin contar los antidepresivos, los antiespasmódicos, los antiácidos y demás medicamentos de este tipo. Me he enganchado a todos. Al mes empezaron las alucinaciones; delirios extenuantes de coches que iban marcha atrás, lapsos de tiempo y momentos de agonía. *A whole new world.* ¡Ah, si Valdir estuviera aquí! El pobre solo conoció las anfetaminas y el alcohol, se perdió lo mejor de la fiesta.

¡Lárgate, borracho! Cómo te apesta el aliento. ¡Largo de aquí, largo! ¡Ve y date un baño! ¿Dónde está la cebra? *Esse ano não vai ser... igual àquele que passou...* Dios mío, están espantando a las comparsas. ¿Y tú, Sílvio? ¿Vas a quedarte ahí? Al menos siéntate, sé digno. Estoy mareado, me sangra la nariz, mierda de polvo de vidrio. Mojo el suelo, mejor así, con la cabeza alta. Si me quedo sentado, no se apiñará la gente a mi alrededor. Cómo apesta Río de Janeiro. Siempre ha apestado. Vete, perro apestoso, vete a mear a otro poste, que yo he llegado primero.

Lo dejé todo por Suzana: los amigos, el trabajo, perdí todo el dinero que tenía... Ribeiro y ella andaban siempre a la greña. Día sí, día no, venía al piso de la Glória en busca de refugio, y yo me inventaba excusas para salir por la noche. Cuando me preguntaban si pensaba enfrentarme a mi mujer, yo cambiaba de tema, pero Ribeiro ya empezaba a subirse por las paredes. Y Suzana no era de las que se encierran en casa a esperar a nadie; se marchaba sin avisarme, decía que venía a verme y luego no aparecía, me amenazaba con hacer las paces con Ribeiro, se inventaba que esperaba un hijo suyo solo para atormentarme. Suzana era igual que yo.

Cuando Ribeiro al fin la echó, Suzana cogió un taxi y fue derecha al apartamento de la Glória. Brites vino a remolque. Era de Rio Grande do Sul, rubita y rellenita; llegó en autocar con un cargamento de marihuana que esperaba vender en Río de Janeiro. Yo le dije que podía quedarse si me daba la mitad de la maría para pagar el alquiler. Como no les quedó otra, cada una vendió la parte que le correspondía. Ciro quiso comprarme un tercio de lo que me quedé yo. Suzana, Brites y yo formábamos un *ménage à trois*. A Ciro, Ribeiro, Álvaro y Neto les conté que me había liado con dos sureñas y estaba pensando en largarme a Rio Grande do Sul. Ribeiro me fulminó con la mirada desde el otro lado de la mesa: hacía seis meses que no veía a Suzana, y estaba convencido de que una de esas tías era ella.

Suzana y Brites conocían a mucha gente. Todos ellos bisexuales incondicionales, dueños de un discurso ramplón según el cual el mundo se dividía en bisexuales y reprimidos. Los comunistas no perdían el tiempo con el sexo, al contrario que los bi, que follaban como locos. Brites estaba enamorada de un marica de aquel famoso grupo de teatro, Dzi Croquettes (creo que también se llamaba Ciro). La acompañé a ver aquella basura más de diez veces. A las dos les gustaba poner en el tocadiscos la canción «Dois pra lá, dois pra cá» cantada por Elis Regina, y bailar agarradas, imitando a Lennie Dale. Eran un hatajo de melenudos marginales, no se distinguía a los hombres de las mujeres.

Un día, Brites apareció con una invitación para una fiesta de alto copete en un ático de la playa del Flamengo. Yo pensé que era mentira, pero ella explicó que iba a llevar un encarguito y que uno de los dueños, un pintor millonario, le había conseguido la invitación. Fuimos los tres, con otros treinta gamos de coca.

Subimos en el ascensor principal, llamamos al timbre (un apartamento por planta); la música estaba a tope y no abría nadie. Esperamos diez minutos y nada; giramos el pomo de la puerta y descubrimos que estaba abierta. Cruzamos un recibidor imponente, siguiendo la música y el vocerío. Al girar a la derecha en el pasillo principal, tras una columna de mármol, los ventanales del salón revelaban la bahía de Guanabara. Cien personas se divertían allí majestuosamente. Nos adentramos en la corte del Rey Sol, el esplendor de Versalles. Salimos de allí por la mañana, y volvimos paseando por el Aterro. Nos pasamos la tarde follando. Daba las gracias por haber nacido cuando nací, a tiempo para disfrutar de aquel libertinaje. Jamás volví a ser el mismo. Envié a la mierda el sufrimiento cristiano y restituí la gloria (en el barrio de la Glória) del antiguo Imperio romano.

El Imperio romano. ¿Qué hace ese hombre con toga delante de mí? ¿De qué va vestido? ¿De qué vas vestido?

De Hércules, dice. ¿Dónde está la clava? Hércules me pregunta si tengo fuego. Cómo le apesta el aliento. Sí, Hércules, tengo fuego. ¿Y tú tienes un cigarro? Intercambiamos gentilezas. Qué bendición, este Marlboro. Tengo coca, ¿quieres? No, yo no... Hércules no termina la frase. ¿Y lanzaperfume?, ¿quieres? Lanza sí. Hércules inhala y me devuelve el frasco, y luego se aleja por la calle Evaristo da Veiga imitando a una sirena. Evaristo. Qué espanto de nombre.

Ya no tengo piernas, ni brazos, ni cabeza, he perdido las extremidades. Así no voy a coger ni un puto taxi. Me quedaré aquí, y mañana Suzana me recogerá. Pero creo que ella se marchó hace tiempo. No era ella, Sílvio, era otra, otras. Suzana no volvió a aparecer nunca más. Llora. Puedes llorar. Te has dejado a tres pibitas en el apartamento y has salido a comprar más coca. Suzana jamás volvió a dejarse ver. Qué falta tengo de todo, Dios mío.

En aquel ático del Flamengo tuve una revelación. Y se lo debo a ella. Suzana me hizo entender que el hombre ha nacido para ser libre, para disfrutar, y follar, y fundirse en otros abrazos, con otros culos, y tetas, y muslos, y pollas. No me acuerdo bien de lo que pasó, solo del éxtasis, de que me sentía realizado. Hay un antes y un después de aquella noche, fue el auge de algo que me separaba definitivamente de Ciro, Neto, Álvaro y Ribeiro. Fue el fin de la juventud. En aquel salón neoclásico, con la boca hundida en el coño de Brites, que besaba a Suzana, que se dejaba follar por un alemán barbudo que le sobaba las tetas a una japonesa de São Paulo que contemplaba la aglomeración de cuerpos enroscados en el sofá delante de ella, pensé: esto es el apogeo, la culminación de mi existencia. Entonces fue cuando decidí abandonar para siempre el manual de buena conducta que te impide follarte a un amigo, a la mujer de un amigo, a la madre o al padre de un amigo.

Unos cuernos mansos que desconocen el deleite de la inmoralidad.

Me entraron ganas de seducir a Ruth, a Irene y a Célia. Incluso a Ribeiro, a Álvaro, a Neto y a Ciro. Llegué a intentarlo con Irene. Jairo, el gerente del club con el que había puesto los cuernos a Álvaro, le había dado una patada en el culo. Olfateé bien a la presa, llamé para preguntar cómo estaba, recurrí a las buenas palabras, le propuse ir a tomar un café. Cuando rocé mi pie contra el suyo bajo la mesa, Irene me dio un guantazo, se levantó y se marchó, ofendida. Burguesa idiota.

Ella y todos. Es una clase media hortera, reprimida, que vive bajo arresto domiciliario, con sus periquitos, sus perros y sus gatos castrados. Lamentable. Solo son peores los del banco. Esos han conseguido superar el borreguismo de los demás. Por ejemplo, Ricardinho. Este ascendió a gerente de la oficina del centro. Encarnaba a un perfil nuevo, el economista recién destetado, almidonado, con la camisa planchada, abotonada hasta arriba, con gafas de pasta y una ambición del tamaño de la crisis financiera del país. Ascendieron a él y al mulato nuevo a la vez. Cuando llegó, no debía de tener ni vello púbico. Exigió rendimiento. Pero ¡¿qué rendimiento?! Si el dinero no valía nada. ¡Si esto se hunde, Ricardinho! En un momento en que el gobierno no hacía más que echar bueyes a los pastos para llenar los supermercados, va y aparece un pipiolo que quiere ser productivo, reclamando balances, proyección, objetivos de un funcionariado que juró, besando la bandera, que jamás fomentaría. ¿O acaso no veía que justamente esa era la idea? Conseguir un empleo público para no tener la obligación de perseguir objetivos de mierda. A Ricardinho le daban ataques de histeria en medio del pasillo, se frotaba las manos disgustado, y yo era cuanto le impedía llegar a Brasilia, participar de aquellos planes mediocres

que siempre terminaban en ruina. Mi morosidad era enemiga directa de su eficiencia, así como mi determinación
de trabajar solamente las horas que me tocaban, o el hecho de que no me importara el brillante futuro que él tenía por delante. Ve y que te den por culo, empollón, que
seguro que te gusta.

El traje, el centro, las conversaciones en el café, las juergas con los cuatro, todo parecía condenado al fracaso. Para
mí solo existía Suzana, solo ella sabía de mí. ¿Para qué insistir en lo demás? ¿Por qué no hacer con ellos lo que había
hecho con Norma, con Inácio, con Vanda? Abandonarlos.

Cada tres meses más o menos (nunca era seguro), Brites iba a Porto Alegre para ver al boliviano que la abaste-
cía. Suzana propuso que la siguiente vez viajáramos con
ella, iríamos a Gramado, tomaríamos mate, cabalgaríamos
por las pampas... Acepté enseguida. Con lo desanimado
que estaba, sería mi salvación. Me inventé una historia, y
le dije a Ricardinho que un tío mío de Rio Grande do Sul
se encontraba a las puertas de la muerte y que, en breve,
tendría que hacer un viaje de urgencia. La perspectiva de
verse liberado de mí incluso lo conmovió. A los compañeros les conté una mentira basada en la pequeña verdad de
que me iba de viaje, porque me estaba mudando al sur.
Hasta yo quedé sorprendido con la falacia: ¿por qué les
había dicho aquello?, ¿por qué tenía la imperiosa necesidad de romper con mis compañeros? Era el odio. Los
odiaba porque preferían ser aquello que yo aborrecía. De
allí no saldría nada nuevo. Era el fin. Otro. De tantos. Fui
a Porto Alegre, volví a escondidas y pedí un traslado a la
oficina de la calle Presidente Vargas. Ricardinho apenas si
disimuló su alegría. Me ofreció Niterói. Era perfecto: atra-
vesaría el puente todos los días y evitaría el riesgo de cru-
zarme con ellos. No quería irme de Río. Niterói era lo
máximo a lo que aspiraba al alejarme.

El boliviano tardó en ponerse en contacto. La espera
me dio tiempo para reflexionar. No podía largarme sin

más; si lo hacía, debía dejar huella, demostrarles todo lo que se perdían por escoger la normalidad. La ocasión surgió con el cumpleaños de una pija en el barrio del Leme. Era mi oportunidad de oro para salir de escena con elegancia, dejando a mi paso una lección a aquella plebe ignorante, esclavos de una vida mediocre de mierda, mal repartida entre el matrimonio, el trabajo y el whisky del fin de semana. La fiesta sería el principio de algo que culminaría en una bacanal en el piso de la Glória al amanecer.

Brites preparó el arsenal y quedaron en irse a dormir fuera. Ella y Suzana sabían lo importante que era aquella noche para mí. Yo habría querido que Suzana se quedara conmigo, pero Ribeiro no lo habría soportado. Me ocupé de todos los detalles, repartí el alcohol, las drogas ilegales y el *speed* de aperitivo. Administré las existencias hasta que los guardias de seguridad nos echaron. Neto se quitó la ropa para homenajear a la que cumplía años. Como mulato que era, no solía alardear de lo que tenía entre las piernas, pero cuando bebía se empeñaba en exhibir el premio.

Una vez en la calle, se me acabó lo que llevaba encima y sugerí que fuéramos al picadero de la Glória. En la gloria... Me saludaron como a un héroe. Las fulanas se repartieron en los coches y, no recuerdo cómo, Ribeiro acabó en el asiento que estaba al lado del mío. Solo me di cuenta de que permanecía allí a la altura del Hotel Glória; yo iba concentrado al volante, con la mulata de pestañas postizas metiéndome la lengua en la oreja. Ribeiro me preguntó de buenas a primeras si me había tirado a Suzana. Me lo dijo con aspereza, irritado. Me reí. ¿Qué otra cosa podía hacer? Me dirigía hacia el momento culminante de mi ceremonia de despedida, íbamos a montárnoslo juntos, y él me venía con eso de «¿te has tirado a Suzana?». Hasta Norma habría aprovechado una mejor ocasión. Ribeiro abrió la puerta con el coche en marcha, la morena gritó y él se lanzó, pero iba despacio. Me bajé dando un portazo, y no perdí más de dos segundos con aquel gilipollas.

En el apartamento, Ciro se tiró a la argentina en el dormitorio. Me pareció de mala educación. Era mi despedida, joder, lo mínimo que podía hacer era invitarme a presenciar el acto. Neto debió de renunciar a medio camino. Él era, de lejos, el más culpable de todos. Monógamo, aplicado, incurable... Álvaro, obviamente, tuvo un gatillazo. Ciro fue el único que me llamó al día siguiente para desearme buen viaje.

Monté a caballo, tomé ácido, me harté de churrasco, pasé noches enteras a base de mate y compré tres ponchos, uno para mí y dos para las chicas. Follamos mucho con ellos puestos, hacía frío, era muy agradable. Fue la infancia de mi vejez.

Como nadie frecuentaba ya el apartamento de la Glória, no tuve que cambiar de rutina. Cruzaba la bahía de lunes a viernes, y de viernes a domingo convivía con los maricones del teatro y los conocidos de Brites. Los cuatro habían muerto para mí, junto con mis tiernos años.

¿Y ahora dónde estoy? Evaristo da Veiga. ¿Qué mierda de nombre es ese? ¿Ese temblor de la mandíbula es frío o Parkinson? Es Parkinson. Los médicos me aconsejaron que dejara los excesos. El hígado, el páncreas, la vesícula, los pulmones, el cerebro, está todo en las últimas. Mefisto pasando la cuenta. Qué diablilla más guapa... ¡Empitóname! ¡Empitóname! No me ha oído...

***

Brites acabó detenida en una de las tantas idas y venidas de Porto Alegre. Llenó dos maletas con cocaína con el boliviano y pensó que sería más seguro ir a Río en autocar: había tenido un par de sustos en Galeão, y no pensaba arriesgarse más. Pero no le sirvió de nada. Se pasó catorce horas en un asiento reclinable para acabar detenida en un puesto policial de la frontera de Paraná con São Paulo. Habría sufrido menos en un avión. Habría cumplido la pena en Río, y Suzana no le habría ido a la zaga. Trasladaron a Brites a una cárcel del interior de Rio Grande do Sul. La noticia trastocó a Suzana. Esa misma noche, hizo las maletas y se largó a Pelotas. Quería mucho a Brites. Me quedé solo. *Alone again, naturally.*

El incidente de la portería hizo que mi hijo deseara ser el padre que yo nunca fui para él. Contrató a un psiquiatra, un fisioterapeuta y una fonoaudióloga. Fue un horror. Yo dije que prefería el dinero a aquel aleccionamiento interminable, pero se negó. Pagaba directamente a los especialistas; era mucho dinero malgastado. Inácio intentó controlarme todo lo que estuvo en sus manos, hasta que me planté. Expliqué al santo de mi hijo que él y yo no estábamos hechos de la misma pasta. Que la vida moderada que soñaba para él era la muerte para mí. Que yo lo había mantenido trabajando toda mi vida en el banco, por lo que ahora tenía la obligación de ayudarme con mis vicios. Que le agradecía el seguro privado, pero que yo no era nadie sin mi coca, mi whisky y mis porros. Que antes que vivir sobrio prefería que me pegara un tiro allí mismo y que me enviara al infierno. ¿O albergas alguna ilusión de que el cielo espere a tu amado padre, Inácio?

Joder, metí a Inácio en un internado de curas durante diez años, y aun hoy no sé cómo no salió de allí marica. ¡¿Y ahora pretende tratarme como a un hijo?! Hay gente para todo. La culpa es de la beata de su madre. No, si al final será su venganza. Será eso. Los medicamentos, los análisis, es todo venganza. No tiene nada que ver con la compasión. El ser humano no tiende a los buenos sentimientos.

De Norma, me olvidé que existía. De ella y de Vanda. Se las dejo a Ribeirão. Inácio comenta algo. Que su madre se casó con un pariente, y Vanda con un ingeniero, y tiene un hijo. Ingeniero, otra profesión mediocre. Mi dinastía nacerá y morirá conmigo. Nadie seguirá mis pasos.

Pasos. Ha vuelto a aglomerarse la gente. Apartaos, cojones, ¿no veis que el aire está cargado? Me he caído. No me he dado cuenta. Pero ¿no estaba sentado? ¿Cuándo me he caído? Voy a meterme otra raya. Una dosis de lanza y una raya. Una raya y una dosis de lanza. Para el viaje. ¿Qué viaje, Sílvio? Si el tuyo termina aquí. Ya no tengo valor. Debo de estar muy mal para reunir a tanta gente a mi alrededor. ¡Aparta, hijo de puta, devuélveme el lanzaperfume! ¡Trae! ¡Es mío! Que yo lo he ido a pillar. Voy a inhalar esta mierda, sí, hijo de puta, aquí mismo, delante de ti. Uuuuuuuuó...

Otra vez, me ha pasado otra vez. Estoy tumbado y de pie, las dos cosas a la vez. Es una escena poética, yo y la gente vestida para el Carnaval: piratas, Bacos y vampiras. Me ha gustado. Qué alivio, Dios mío, qué ligereza, qué brillo, qué preciosidad de sol saliendo por la bahía de Guanabara. Es lo que siempre he buscado, que me dé igual lo que me espera, no sufrir, no sentir. Qué gustazo, Dios mío. Creo en el castigo. Que es una manera de creer en Dios. No es recta, pero lo es. Provengo de un linaje antiguo y perverso de dráculas, crápulas y criaturas similares. El paraíso no me sirve para nada, prefiero la compañía de los que practicaron la violencia contra el prójimo, contra sí mismos, contra Dios, contra el arte y la naturaleza. Los míos. La divina muerte es mi imperio. Es lo que he buscado toda mi vida. Y lo he conseguido. Pero ¿por qué ahora, en el desvarío de mis últimos momentos, me asaltan estos delirios de condenado? Es masoquismo. Puede. ¿Quién te iba a decir, Sílvio, que acabarías siendo un cristiano empedernido? El perdón no existe.

El padre Roque me metió mano durante los años de secundaria. Le gustaba castigar con Dante. Leíamos y re-leíamos los cantos durante el recreo, en el sofoco de la biblioteca. Él ni se imagina el valor de esa remota tortura en el momento que se me presenta ahora, mientras planeo sobre el Cristo do Corcovado hacia la bóveda celestial. No hay querubines ni serafines, no hay rayos, palomas ni blancas nubes. Avisto el bosque de los suicidas, el río de sangre hirviendo, veo bestias, centauros y sodomitas. «A mi-tad del camino de la vida, yo me encontraba en una selva oscura, con la senda derecha ya perdida...»

Llegué igual que me fui. El hombre no cambia, se transmuta, siempre igual. Hasta la próxima eternidad.

INÁCIO se ocupó del velatorio de su padre. Norma y su hermana, Vanda, no se presentaron. Las tres chicas a las que Sílvio dejó en el apartamento asistieron para expresar sus condolencias, las tres juntas, sin separarse ni un momento. No era la primera vez que acudían a la llamada del Obseso de la Glória. Un travesti y algunos habitantes del bajo mundo cerraban el pequeño grupo; Ribeiro no conocía a nadie. El hijo se mantuvo de pie junto al muerto e insistió en agradecer la presencia de cada loco, cada borracho, cada mendigo y cada puta que apareció por allí. Inácio demostró una entereza admirable, pero, cuando vio a Ribeiro acercarse, abrazó al viejo conocido y se echó a llorar a lágrima viva. Ribeiro trató de corresponder el gesto, recordando a Inácio de niño, los domingos en casa de Ciro y la pena que le dio el muchacho cuando Sílvio lo envió al colegio alemán de Petrópolis. Fue solidario y lo estrechó en sus brazos.

Inácio se preparaba para llevar a su hija pequeña al Carnaval infantil de la calle cuando recibió la llamada. Buscaba a su padre desde el lunes, llevaba más de veinte llamadas sin atender; llegó a dejar un recado al portero de su edificio de la Glória, pero Sílvio había desaparecido. A veces pasaba, pero el agravamiento del Parkinson, el hedor del vicio y la bajeza del padre condenaban al hijo, el único familiar que aún estaba interesado en vivir en permanente estado de preocupación.

—Ya está otra vez el pesado de mi hijo queriendo controlarme. ¡Prepara otra raya para san Inácio, Maritza! —bramaba el demente cada vez que el número 9634-5888 aparecía en la pantalla del aparato.

Una voz desconocida había llamado a Inácio para preguntar por el propietario del móvil. También para saber si estaba solo o si había alguien más con él. Inácio sospechó del siniestro cuestionario, temió que fuera un secuestro y amenazó con llamar a la policía. Entonces fue cuando el interlocutor se identificó como un auxiliar médico. Llamaba desde un móvil que había encontrado en el bolsillo del traje de un hombre blanco, sin identificación, de unos setenta años, calvo, delgado, estatura media. El indigente presentaba indicios de embriaguez y estaba en posesión de sustancias ilícitas. Gente que celebraba el Carnaval lo había encontrado en Cinelândia, cerca del Teatro Municipal.

—Hemos marcado el primer número que aparecía como llamada no atendida. ¿Conoce usted a alguien que coincida con la descripción?

—Sí. Mi padre.

No vale la pena narrar la peregrinación jurídica que supone recuperar el cuerpo de un drogadicto que muere en la esquina de una gran ciudad. Peor que Antígona. Inácio se enfrentó a la truculencia de la policía, a la ironía de los médicos forenses y a la tristeza de no tener motivos para enorgullecerse de su padre. Luchó para no sucumbir al letargo. Mientras esperaba para retirar los restos de Sílvio de la cámara refrigerada —en la misma sala donde, años más tarde, Irene reconocería a Álvaro—, Inácio echó un vistazo a los folletos de la recepción para concentrarse en algo concreto. Uno ofrecía sugerencias para las esquelas mortuorias, cruces medievales, estrellas de David, palabras enaltecedoras de amor y de unión. La esposa, las hijas, los yernos y la amada madre de fulano de tal agradecen las muestras de condolencia recibidas. Inácio no sabía qué era tener una familia así. Allí, en la recepción del Instituto Médico Forense, la misma donde Irene sentiría alivio por sufrir menos que la madre obesa, asqueado por el mismo hedor nauseabundo, Inácio tomó una decisión. Encargaría una esquela grande, a ser posible que ocupara media página, hasta donde diera el dinero, en la que se informaría de la defunción de Sílvio. En ella pediría disculpas por su padre.

Cogió un bolígrafo y una hoja de papel pautado en la recepción y esbozó un borrador solemne. El corazón de María al lado del nombre del muerto en negrita, seguido de un texto copiado de las referencias que había visto en las muestras... No, no era un texto adecuado. Mantuvo el corazón y el nombre, pero se dio cuenta de que el adiós a aquel padre monstruoso debía hacer justicia a los actos que había perpetrado en vida. De modo que fue franco. Y vengativo.

En el obituario del periódico *O Globo* del día 23 de febrero de 2009, una necrológica grande, que ocupaba casi una cuarta parte de la página, llamó la atención de Ribeiro. Tenía por costumbre dar una ojeada a las esquelas, porque no era raro cruzarse con algún conocido. Pero el nombre de Inácio y, sobre todo, el contenido del enunciado le llamaron la atención. No había ninguna duda: el Sílvio del periódico era Sílvio, aquel Sílvio, el célebre Sílvio.

El hijo de
Sílvio Motta Cardoso,

Inácio, comunica la defunción de su malquerido padre,
infiel esposo, abuelo abominable y amigo desleal.
«Pido perdón a todos los que, como yo, han sufrido
los ultrajes y las ofensas, y los invito a este entierro tan
esperado, que tendrá lugar el día 23 de febrero de 2009
en el cementerio São Francisco Xavier,
en la calle Monsenhor Manuel Gomes, 155,
en la ciudad de Río de Janeiro,
a las cuatro de la tarde.»

El resentimiento de otrora, el enfado, la traición, todo volvía a correrle por las sienes. Un asco súbito hizo a Ribeiro soltar el periódico. Cruzó la arena y se zambulló en el mar inmundo: había llovido a cántaros el día anterior. El contacto con el agua helada provocó un estado de parálisis al bañista, y se puso a hacer el muerto entre cáscaras de naranja, vasos y bolsas de plástico. Cloaca maravillosa. Una vez se repuso de la noticia, dejó actuar a la conciencia. Llegó a la conclusión de que le gustaría asistir a la llamada de Inácio y celebrar el fin de Sílvio. Quería tener la seguridad de que lo enterrarían a siete palmos bajo tierra, en una tumba bien sellada.

Ribeiro jamás perdonó a Sílvio. En el orden moral de su mentalidad tacaña, no quitarle la mujer al prójimo era el primer mandamiento que deben seguir los hombres que se consideran hermanos. Pero un segundo motivo íntimo e inconfesable impelía a Ribeiro al cementerio del barrio del Caju: saber si Suzana acudiría. Ahora que Sílvio se había ido, y Neto y Ciro antes que él, quedaba Álvaro, que en su momento le aseguró que no sabía nada. Suzana era la única respuesta a algo que lo corroía desde hacía treinta años. ¿Había habido o no había habido traición?

SUZANA llegó huyendo de Bauru. Su familia quería meterla en un internado, porque la niña se había echado de novia a una compañera del bachillerato científico. Se besaban en la escuela, en el cine, en la heladería, y habían pasado la noche en la comisaría más de una vez. Su padre vociferaba con acento del interior: ¡Eso no es norrrmal! Y ella respondía con la misma «r» retrofleja: ¡Es norrrmal, papá! ¡Es norrrmal! Una noche, después de azotarla con un cinturón, Suzana saltó por la ventana, caminó hasta la carretera para hacer autostop y se subió a un camión que se dirigía a Río. Tenía diecisiete años.

La playa se llenó de maricones. Maricones tímidos, maricones delgados, maricones finos, maricones groseros, maricones gordos... Suzana frecuentaba varios grupos entre el Puesto 9 y la playa del Arpoador. El Coqueirão era el límite de su país de las maravillas. Dios fue quien me trajo aquí, repetía, riendo, mientras el sol de abril se ponía tras el muelle, iluminando los dientes blancos de aquella pueblerina audaz. Suzana adoraba a los gays de Ipanema, entendía la vida como ellos. Había crecido como una hippie y una marginal, en medio de gente que la miraba mal. Por eso la aceptaron enseguida, se volvió la confidente, la discípula, la hermana y la hija de varios de ellos. Era una semejante. Trabajó como camarera, recepcionista, auxiliar de enfermería, cajera, intentó ser actriz, cantante, era muy ecléctica, pero nunca llegó a nada.

La transformista Lana Ley alquilaba una sala y una habitación con vistas a un patio sobre la galería Alaska. Echaba de menos a la hermana que se había dejado en Maceió, e hizo de Suzana su preferida de Río. Le gustaba pasearse con la joven por la avenida Joaquim Nabuco, y darle consejos de protocolo. Para Lana, Copacabana era una playa de gays pobres. Algo parecido sucedía con la Farme, ese culto hedonista de los niñatos de Río, la felicidad alucinada de esa gente, el *topless* y el sexo libre.

Ribeiro quedó con Ciro y Neto para un partido de voleibol en el Coqueirão. El rey de la calle Miguel Lemos se rendía a la nueva era, pese a lamentar el triunfo de lo unisex. Yo soy de la época en que a los hombres les gustaban las mujeres, solía decir, deprimido con los cuerpecillos escuálidos a causa de la macrobiótica. Con un remate más violento, el balón pasó zumbando entre los melenudos. Ribeiro se acercó pidiendo disculpas: no era guapo, pero tenía un cuerpo que impresionaba. Todos los maricones le aplaudieron. Suzana se levantó para devolverle el balón con un porro en la mano. Le ofreció una calada a Ribeiro. El atleta rehusó el ofrecimiento. No me gusta la maría, no me gusta la coca, solo me gusta el alcohol. Ella rio y le preguntó si podía serle útil en otra cosa. Pero qué descarada, qué descarada... Se avinieron bien en la cama, y el fisiculturista treintañero se encariñó con la Baby Consuelo de Bauru.

Ciro y Sílvio se casaron, Neto y Célia esperaban un niño, y Álvaro, el único que siguió acompañando a Ribeiro en las juergas, decidió congraciarse con una amiga de Ruth, la mujer de Ciro, una tal Irene que, más adelante, lo coronaría con una cornamenta de alce. Fue entonces cuando Lana Ley echó a Suzana del cubículo de Nossa Senhora donde vivía. Su novia no recogía un papel del suelo, se comía todo lo que encontraba, no fregaba los platos, no se gastaba ni un céntimo y se pasaba el día con una tal Brites. ¡Es una gandula!, comentaba Lana por las noches en Boate Sandalus. Suzana se mudó a la calle Pompeu Loureiro sin que Ribeiro se percatara siquiera. Cuando se dio cuenta, ya estaba instalada en su casa.

Murilo, el hijo de Neto, nació en marzo. Ciro los invitó a comer a su casa para celebrar la llegada del primer heredero del grupo. Ribeiro pensó que sería buena idea llevar a Suzana para dar a entender a sus amigos que estaba con alguien. Y lo hizo. Cuando se encontraba en el jardín, ella encendió un porro. Célia se escandalizó. Y es que Neto se había casado con una retrógrada. Ciro le lanzó una mirada irónica, Ruth hizo una seña a Ribeiro, insinuando que no estaba quedando bien, e Irene desapareció con Norma, la mujer de Sílvio, en la cocina. Álvaro aún no había llegado.

Ribeiro salió para pedir explicaciones a Suzana. Pero al encontrársela compartiendo el cigarro con Sílvio entre los helechos se quedó sorprendido. Sílvio nunca había sido de fiar. Ribeiro le pidió a Suzana que se deshiciera del porro. Ella y Sílvio se rieron con complicidad, como si el novio de la chica fuera un bedel de colegio. Ribeiro agarró a Suzana del brazo y se marchó, ofendido. A partir de aquella tarde, la convicción de que Sílvio tenía una historia con Suzana empezó a atormentar a Ribeiro como una jaqueca aguda y recurrente. Suzana odiaba que la pusieran contra la pared. ¡Sí, claro! ¡Me he tirado a Sílvio, a Ciro, a Neto, y hasta a Álvaro! ¿¡Así estás contento!? Pero la hija de su madre no lo desmentía.

Y así se quedó, hasta que Ribeiro tuvo el valor de preguntárselo a Sílvio. Aprovechó la última oportunidad, antes de que el inmoral se largara de Río, durante el célebre fin de fiesta en el barrio de Leme.

Eran hombres maduros y desesperados. Estaban viviendo el apogeo del macho, y presentían la inevitable caída. Se preparaban para despedirse de Sílvio, el vicioso, el único separado de los cinco. Hacía dos años que Sílvio se había divorciado de Norma, y disfrutaba de la libertad de hacer las maletas y marcharse allá donde quisiera. La reunión era una despedida. Al día siguiente, Sílvio se mudaría a Porto Alegre, según él en compañía de dos chicas de Rio Grande do Sul, a las que debía su vuelta a la juventud. ¡Quedaos con vuestros matrimonios de medio pelo, decía para provocar, con vuestra mediocre vida ideal, porque vuestro compadre Silvinho zarpa mañana para no volver jamás! Las harpías lo raptarían y lo apartarían de sus cuatro amigos. Ribeiro sospechaba que una de ellas podía ser Suzana. Casi estaba seguro. Casi, pero no lo suficiente. Por eso era renuente a enfrentarse al enemigo. Temía hacer el ridículo.

Sílvio había planificado la epopeya con precisión estratégica. Alzarían el vuelo desde su apartamento en la Glória, mezclando whisky, coca, maría y anfetaminas, y regularían la adrenalina alternando los aceleradores con sedantes como Mandrix, o Lorax, al gusto del consumidor. Se desmadrarían en la fiesta de los cincuenta años de Gorete Campos do Amaral, ex *madame* Juneau, en los dos mil metros cuadrados del exuberante ático del Leme, resultado de la separación reciente de su marido, el magnate Gilles Juneau, propietario de una red de hipermercados francesa.

El bufé empezaría a las nueve. Quedaron a las diez en el piso de la Glória, para ir juntos al fiestorro entre las once y media y las doce. El cumpleaños de Gorete prometía. La pija, a la que el millonario había cambiado por una rusa treinta años más joven que ella, había decidido sepultar el papel de esposa ejemplar con una fiesta a lo grande. Había cuidado a los demás durante veinticinco años, pero sus hijos habían crecido y Gilles había abandonado el hogar. Se pasó un año amargada, tomando barbitúricos, y necesitaba demostrarse a sí misma que lo había superado. Dueña de una cuenta bancaria proporcional a la culpa del marido, bañó de riqueza su regreso a la alta sociedad de Río. Entre los invitados, una mezcla de las altas esferas, *jet set, starlets,* deportistas, intelectuales e ídolos de la contracultura; los cinco cariocas de clase media, con empleos mediocres, sin aspiraciones artísticas ni económicas, no estaban incluidos en la lista. Brites los había infiltrado a petición de Suzana. El *disc jockey* encargado de suministrar los aditivos de la fiesta pidió a Brites treinta gramos de cocaína y tuvo el detalle de poner los nombres de Sílvio, Ciro, Neto, Álvaro y Ribeiro en la lista.

Los Jinetes del Apocalipsis entraron extasiados. Ciro fue el primero en separarse de la célula madre, atraído por la llamada de una porteña que se lo comía con los ojos en la biblioteca. Sílvio se desvió por su cuenta, adentrándose en la pista a lo John Travolta. Álvaro se apoyó en la barra, Ribeiro pidió un vodka y fue a contemplar las vistas de la terraza: él lo tenía difícil. Neto desapareció y no volvieron a verlo. Sílvio estaba pendiente de los amigos; si veía señales de desánimo, acudía con la pastilla necesaria, ¡y listo!, el pelele volvía a activarse. Si notaba una aceleración desmedida, apaciguaba al monstruo con un relajante. Y así pasaron las horas, entre altibajos cada vez más confusos. Sábado de alucine. Sílvio se ocupó de los demás hasta que ya no pudo hacerse cargo de sí mismo. Los de tendencia masoquista se hundieron en el sofá italiano, los maníacos alcanzaron la estratosfera. Neto llegó a la luna. El núcleo había desaparecido desde hacía un buen rato cuando Neto salió del baño con la bragueta abierta, entonando el «Stayin' alive» de los Bee Gees; avanzó hasta el centro de la pista ejecutando el baile del pajarito en homenaje a la anfitriona. Álvaro se levantó del sofá en cuanto lo vio. Ciro soltó a la argentina; Ribeiro, la barandilla, y corrieron a controlar al fauno. Sílvio se dio cuenta que había llegado el momento de clausurar la primera etapa de la juerga, pero no le dio tiempo a reaccionar. Cuatro guardias de seguridad adiestrados en Israel inmovilizaron a Neto con una llave de brazo, y lo arrastraron hasta una puerta del fondo, junto a Ciro y Ribeiro. Los metieron a patadas en el ascensor, y al llegar al garaje los recibió un segundo batallón del Mosad, que los arrojó a un cantero de yucas que había enfrente del edificio de lujo. Álvaro, Sílvio y un grupito de muslitos de primera bajaron por el ascensor principal. Sílvio repartió la última ronda de alucinógenos, y sugirió invadir sus dominios en la Glória. Todos celebraron con entusiasmo la propuesta, salvo Ribeiro, que había sacado las cuentas. Había un par de pechos menos de los necesarios para que cada uno pudiera llegar a casa con la dignidad suficiente como para mirarse al espejo. Cabía la posibilidad de compartir una de aquellas tipas con Sílvio, pero ¿quién tendría el valor? Sílvio le provocaba ganas de vomitar. Aun así, no perdió el tiempo y se metió en el coche de su rival. Por si acaso... La mulata del grupo se acomodó en el asiento de atrás. Los demás se repartieron en los otros coches con sus respectivas señoritas. Esta noche lo aclaro todo, se juró Ribeiro, y se mantuvo callado mientras el coche avanzaba por el Aterro.

La morena iba comiéndole la oreja a Sílvio, mientras este intentaba mantener los neumáticos rectos. A la altura del aeropuerto, Ribeiro le soltó:

—Sílvio, ¿te has tirado a Suzana?

Como buen torturador que era, Sílvio esbozó una sonrisilla socarrona.

—¿La tipa con quien te vas a Rio Grande es Suzana? ¡Sé que es ella! ¡Dímelo, dímelo a la cara!

Una mueca retorció el rostro del conductor, abriendo la boca y revelando los dientes: Sílvio se estaba carcajeando. Ribeiro tuvo el impulso de coger el volante, estrellar el coche contra la primera farola, morir y matar a aquel facineroso y a la mesalina del asiento de atrás. Pero optó por hacerse el harakiri. Abrió la puerta con el coche en marcha y saltó. Se desolló la rodilla contra el asfalto, y se marchó a casa a martirizarse. Hacía seis meses que él y Suzana ya no estaban juntos.

Los celos que surgieron durante aquella comida en casa de Ciro, cuando encontró a Sílvio y a Suzana fumándose un porro en el jardín, jamás se habían aplacado. Todo en Suzana empezó a molestarle. Su manía de querer besarle sin haberse lavado los dientes, el olor de su axila peluda, las bragas tiradas por el suelo, la música de Raimundo Fagner y el cementerio de colillas que hacía que la casa atufara tanto a pachuli y cannabis que el presidente de la comunidad estuvo a punto de quejarse. Su apartamento se convirtió en el punto de encuentro de individuos sospechosos, tipos extraños que entraban y salían; tanto era así que llegó a pensar en la orden de desalojo de Lana Ley contra Suzana. De modo que hizo lo mismo: la echó. Luego se arrepintió.

Ribeiro no sabía ser imparcial. No tenía humor. Era tonto y buen amigo. Murió como un adolescente, sin hijos ni mujer, como primo de su sobrino y como hijo de su hermana. Su madre murió joven, del corazón, y Celeste ocupó su lugar. Recordaba escenas dispersas del calor materno, de los ojos grandes, de una ahogadilla bajo la espuma del mar de la que sus manos la salvaron. Nada más. Su padre, militar, era un hombre taciturno. Su ambición era ver a su hijo varón formarse en la Academia Militar de

Agulhas Negras, con derecho a rangos muy superiores al suyo. El viejo nunca ocultó su frustración por el rendimiento escolar de su hijo. Hablaba de su decepción con amigos y parientes. Ribeiro no contaba con él, confiaba en su hermana, solo en ella; era su apoyo, su abrigo, su hogar.

La playa era su razón de ser. Cada atardecer rosado, cada tormenta o cada noche de luna llena confirmaban que había tomado la decisión correcta. Ribeiro no fue a la universidad, terminó los estudios en un colegio público pésimo, pero fue capaz de vivir de la geografía, su pasión. Apenas terminó secundaria, se esforzó por sacarse el título de bombero y socorrista, lo que le permitió dar clases de natación en el Puesto 6 de la playa de Copacabana. Ganaba poco, pero lo suficiente para librarse de la presión paterna. Además, allí seducía a las vírgenes que pasaban la prueba del bikini. Al contrario que Sílvio, no lo hacía por perversión, era sincero. Ribeiro jamás consideró su propio vicio como un pecado, y mucho menos como una depravación, era amor verdadero. Envejeció sin darse cuenta. Su edad le dio muchas ventajas durante mucho tiempo, hasta el día en que se extralimitó.

A los cincuenta y algo encontró un empleo en Impact, un gimnasio situado en la cuesta de Tabajaras. En Impact se trabajaban los muslos y los tríceps para el Carnaval, era el punto fuerte del gimnasio. Marinara, Monique, Marininha, todas pasaron por allí. Los instructores traficaban con anabolizantes, y los Conan se los inyectaban en el baño. Ribeiro detestaba aquel ambiente, pero no tenía elección: solo los discípulos de Schwarzenegger pagaban su salario. El ambiente del lugar le preocupaba. Las muchachas ya no querían ser como Leila, Danuza, Florinda, Norma..., no la Norma de Sílvio, sino la Bengell.

Ribeiro descubrió a Norma Bengell de adolescente. Un tío suyo bohemio tuvo un lío con una corista y coló a su sobrino entre los bastidores de una revista de Carlos Machado. Ribeiro asistió en directo a la Bardot interpretada por Norma Bengell. Tenía dieciséis años. Se masturbó hasta el fin de sus días pensando en aquella imagen. La retuvo perfectamente en la memoria. Los recuerdos de su madre se mezclaban con los de la vedete.

Las mujeres han perdido la gracia, han dejado de ser mujeres, comentaba. ¿Para qué tanto músculo? Se empalmaba con poquísimas, la conversación no fluía, era muy aburrida. O peor: todas lo trataban como si fuera inofensivo. Un día apareció Lucíola. El profesor realizó la primera serie de ejercicios, pero la novata no acompañó al grupo en las flexiones de rodilla al estilo de Jairzinho. ¡Remad!, ¡remad!, les gritaba Ribeiro para motivarlas, pero con Lucíola no servía de nada. Al acercarse a darle agua, le sugirió que tomara clases particulares, porque corría el riesgo de lesionarse si intentaba seguir al grupo. Ofreció sus servicios fuera del gimnasio, y propuso la playa como el lugar más indicado. La joven accedió, pues de lo contrario no iba a sobrevivir mucho más en el Impact.

Una mañana espléndida, quedaron en la Colônia dos Pescadores y echaron a andar hacia el Leme. Lucíola era guapa, muy guapa, guapísima, y Ribeiro acababa de darse cuenta. Sus mejillas rosadas contrastaban con la piel blanca, y unas cejas negras y gruesas le atravesaban un rostro muy delicado, dando un aspecto masculino a las facciones. Cuando llegaron al Puesto 1, ya se habían enamorado. Su padre no debía de saber nada, porque era muy severo, y Lucíola era virgen. Quizá por miedo a enfrentarse a un gañán (lo cual era imposible de saber), el deseo de la chica le fue como un guante a Ribeiro. Fascinado por la posibilidad de arrancarle la virginidad, Ribeiro supo ser hábil, avanzó poco a poco, hasta que un día, después de una clase, Lucíola se cortó un pie con un trozo de vidrio. Él la llevó en brazos hasta su apartamento para curarla. No hizo falta ni una fracción de segundo para que su mano olvidara la herida y se metiera entre las piernas de la muchacha. Lucíola se quedó quieta, y Ribeiro hizo lo que tenía que hacer. Después la dejó en la esquina de su casa y regresó a la suya para rememorar el momento.

En torno a la medianoche, el desvirgador se despertó sobresaltado por unos porrazos contra la puerta. Corrió a mirar por la mirilla. Un señor, acompañado de un joven corpulento, lo desafiaba por la abertura. Era el padre de Lucíola. Decía que quería hablar con él. Tan pronto giró la llave, recibió un portazo en la cara. El chico lo remató con una secuencia de puñetazos y patadas, mientras lo llamaba viejo verde. Luego supo que era el hermano de Lucíola. Fue la primera vez que alguien lo llamaba viejo. El incidente apenas si duró cinco minutos, pero a Ribeiro le pareció interminable. Cuando se cansaron, el padre exigió a aquel entrenador de medio pelo que jamás volviera a acercarse a su hija si no quería morir. Y desapareció, arrastrando al troglodita del hijo. Durante un tiempo, Ribeiro sufrió una mezcla de humillación y lo contrario. Uno no se tira a una virgen solamente una vez. Lo importante no es lo que dura, el secreto está en el desarrollo de la historia, en lo que van descubriendo, en cómo se van soltando. Hasta que pierden toda la gracia, explicaba. Lucíola rompió su promesa, además de hacerle tomar conciencia de la edad y el ridículo.

Adiós, muchachitas, era necesario seguir adelante. Probó con las de veintinueve, con las de treinta y uno, treinta y dos, y treinta y tres, todas muy complejas, aburridas y exigentes. Las vírgenes eran como él, simplonas. Soñaban con follar con delicadeza. ¿Existe algo mejor? Y Ribeiro sabía identificar problemas, abortar tentativas, renunciar a las que no se relajaban a las dos semanas. Al pasar de los cuarenta y cinco, se cansó de jugar a papás y mamás. Por eso con Suzana se volvió loco, porque era la unión perfecta entre la ingenua y la mujer fatal. Ella lo desconcertaba con las obscenidades que le proponía, pero sin llegar a perder ese aire infantil. Con Lucíola bajó el telón: fue la última virgen que lo amó, fue su último intento de volver a ser quien era. Suzana fue lo más lejos que llegó a estar de sí mismo, la única con quien compartió techo, lo más próximo a una esposa que llegó a tener. Treinta años después del incidente en el jardín de los helechos, Ribeiro todavía se reconcomía de celos. No era posible que Sílvio le hubiera jugado aquella mala pasada.

El féretro descendió sin lágrimas ni palabras de elogio al muerto. Inácio permaneció quieto, pálido e impávido. Que arda en el infierno, sentenció en voz baja. Los sepultureros sellaron la fosa con las palas embadurnadas de cemento, dando un inusitado toque de reforma de baño a la ceremonia. El cortejo se retiró en fila india, con el travesti al frente, sorteando las tumbas para regresar a la alameda principal. Ribeiro fingió seguir al grupo, pero giró a la izquierda; se quedó apartado, escondido entre las lápidas, vigilando el sepulcro. Estaba seguro de que Suzana acudiría sola, después de todos los demás, para velar a su amante. Imaginaba la mirada de Suzana contemplando el túmulo. Por fin sabría la verdad. Cuando el guardia de seguridad lo echó, ya era entrada la noche. Suzana no apareció. Resultó que estaba equivocado. Había sufrido inútilmente. En la calle, de espaldas al gran cementerio, contemplando las luces de la favela del cerro Dona Marta, lo comprendió: no amaba a Suzana, nunca la había amado. El delirio de los celos le había hecho creer que Suzana lo había traicionado con Sílvio, que la vería aparecer el día de su entierro y, así, pondría fin a la incertidumbre. Pero ella no había cumplido con su parte del trato. No tenía nada que ver con él, ni con sus amigos, era una extraña, una excusa para no pensar en Ruth.

Mientras miraba las luces de la ladera del Dona Marta, Ribeiro se despidió de sus tormentos. Sus últimos siete años de vida transcurrieron sin arrebatos, entusiasmos, celos ni rencores. Estaba curado. Fue algo bueno, aunque también malo, porque, en cierto modo, ya estaba muerto. Había muerto allí, a las puertas del cementerio.

Ribeiro

* 4 de septiembre de 1933
† 13 de noviembre de 2013

—¡Hola, Sampaio! ¿Esas son todas azules?

—Solo azules, Ribeiro, solo pastillas azules. Pero no me quedan más que tres cajas. Te recomiendo que te las lleves, porque no tengo prevista una nueva entrega.

¿Qué sería de mí sin mi farmacéutico particular?

—Envuélveme todo lo que tengas.

La Viagra ha sido tan revolucionaria como la píldora, pero nadie tiene el valor de decirlo. Con esa historia de tener que ponerse un condón, siempre te falta un empujoncito. Luego va alguien e inventa este milagro, de venta en cualquier farmacia, ¡y tengo a Sampaio, que me las vende sin receta médica! ¡Es una liberación! Ya ni me acuerdo de cómo es vivir sin ella.

No noté la llegada de la vejez. Es traicionera y malvada. A los treinta tienes el mismo aspecto que a los quince, a los cuarenta desaparecen los rasgos de los veinte, a los cincuenta los de los treinta, y tardas una década en percatarte de lo que has perdido. Yo no me di cuenta, me sentía el mismo, vigoroso, maduro, capaz de cualquier cosa. Pero entonces, con la separación de Suzana, sufrí el batacazo. Vivimos juntos más de un año, yo obcecado con su supuesto lío con Sílvio. Me olvidé de mí mismo. Dejé de pesarme, de medirme la cintura, los bíceps, burlé la dieta, empecé a dormir poco y a beber más de lo normal, y también experimenté con porquerías; por culpa de Suzana, todo por su culpa.

La mañana en que llegué a casa destrozado, con la rodilla sangrando después de haber representado el papelón de marido traicionado, la risotada de Sílvio aún me retumbaba en la cabeza. Me quité la ropa, corrí al baño y, de pronto, me vi en el espejo. Estaba desnudo, de pie, ante el reflejo de mi propia imagen de cuerpo entero. Era un hombre viejo. Impresionado por el descubrimiento, me aproximé para verme mejor. El pelo canoso, las bolsas bajo los ojos, las mejillas caídas, la flacidez del cuello, la papada... Los pezones se me habían agrandado, se me había hinchado la barriga, anunciando la aparición de una panza en breve. Mi pene de tamaño medio y los brazos y las piernas, fuertes todavía, presentaban obvios indicios de decadencia. Mi bienestar se basaba en cosas simples, rutinarias, y arrebatármelas como había hecho Suzana significaba destruir un equilibrio delicado. En ese instante reviví la sonrisa de mi madre, la ahogadilla en la playa, sus manos, la boca de Suzana, la carcajada suelta, mi orfandad. Me senté sobre la taza y lloré. Llamé a mi hermana Celeste.

Carlinhos, mi sobrino, me ayudó mucho. Empezaba a tomarse el voleibol en serio, y mi hermana me pidió que lo entrenara. Aquello fue lo que me sacó del hoyo. Mi sobrino, y Frank Sinatra. Nunca había estado en Estados Unidos, era mi sueño: conocer Estados Unidos. Con mi colección de vinilos de Sinatra me había tirado a muchas; hoy en día la escondo para no ahuyentar a nadie.

—¡Lánzalo al fondo, al fondo!... ¡Ese es mi chico! ¡Lánzala de lado! ¡Diecisiete a quince! El triunfo de la experiencia.

Quedé en la playa con Carlos para jugar una al mejor de tres con su hijo y un compañero de la facultad. Esos mocosos no tienen ni pelo en el cuerpo, y creen que me van a comer vivo, a mí, el rey.

—La dejada, la levantada precisa, el remate indefendible, ya os podéis arrodillar, ¡os falta destreza! Será toda esa porquería que coméis ahora.

Hasta que me cansé.

Me he levantado temprano para una clase de la tercera edad. Con unas señoras que se han pasado la vida tostándose al sol y ahora parecen vampiros, no pueden ni ver la luz del día. El melanoma es algo maligno, yo ya me he quitado unas cuantas manchas, no soporto el protector solar.

Es duro aceptar que esas viejas también tuvieron en su momento su puesta de largo. Se ven obligadas a levantarse de madrugada, aunque tampoco duermen, pero siempre es mejor tener algo que hacer. Se quejan mucho del insomnio. Se quejan mucho de todo. ¿Y quién es el valiente que se levanta antes de que salga el sol para quedar con un grupo de zombis de setenta años? Pues yo, Ribeiro. Pero está bien, porque, a las nueve, la mitad del día ya está ganado, echo un partido de voleibol, duermo la siesta hasta las cuatro, me encuentro con otros jugadores en la playa y miro a ver qué me reserva la vida.

Y no me ha reservado gran cosa, pero hoy promete.

Tenía intención de rechazar el horario de las viejecitas. He ido hasta el edificio donde viven, en la calle República do Perú, para decirles que hoy no podía. Pero entonces ha bajado la sobrina de la señora del 401. Tiene unos cincuenta y siete, cincuenta y ocho, algo así, delgada, con pelo largo. Iba con pantalones ajustados, y ha bajado para decir que su tía estaba indispuesta. En cuanto la he visto he cambiado el rumbo de la conversación. Y le he dicho que me había acercado para saber qué objetivo tenía cada una, he estado unos quince minutos de cháchara con ella y luego he sugerido una visita a sus apartamentos para conocerlas mejor. He hecho el vía crucis por los once pisos. El tiempo es realmente cruel con las mujeres. He dejado el de la sobrina para el final.

Su tía estaba durmiendo en su habitación.

Le he aconsejado que instalaran unas barras en el baño, y luego he echado mano de unas preguntas inofensivas: si vivía allí, si estaba de paso... Alda acaba de separarse y ha preferido no volver a casa de su madre. Ha agradecido mi interés y me ha recompensado con un elogio, diciendo que era un profesor muy atento. Le he propuesto quedar. Ha dicho que salía de la tienda a las seis. ¡Bingo!

Qué gustazo, dejarse caer en el mar helado de Copacabana. Detesto el sopicaldo del nordeste. Está sucio, la corriente ha cambiado, nadie se atreve a nadar allí. La espuma es marrón y grasienta. Una de las ventajas de la edad es que dejas de preocuparte por el futuro lejano. Ahora, lo suyo es sentarse en la arena como las palomas y arriesgarse a coger un cáncer de piel. Porque no tengo ninguna intención de untarme crema. Vaya diosa acaba de pasar, Dios mío, todavía existen. Aunque para mí ya no, ya nunca más. La edad me ha obligado a conformarme con las putas y las mujeres de bien mayores de cincuenta. Todas unas neuróticas, como esta Alda, la del 401. Se le nota que está desesperada.

—Chao, Carlos, dile a tu madre que mañana pasaré a verla. Tengo un compromiso. Sí, ¡el león sigue vivito y coleando! ¡Vete tranquilo que no mancillaré el nombre de la familia, que ya he pasado por la farmacia de Sampaio!

No quise tener hijos. Mi sobrino ha sido lo más cerca que he estado de esa posibilidad, con la ventaja de devolvérselo a mi hermana siempre que hubiera algún fallo. Todos los hombres se vuelven esclavos de la madre de sus hijos, incluso después de separarse. Yo nunca encontré una madre, ni para mí ni para mi descendencia. Pensé en hacerme la vasectomía, pero lo descarté por miedo a que luego no se me empalmara.

El agua de esas duchas viene de la cloaca. ¿Y qué? ¡Es un gustazo quitarse la sal! Álvaro bebe agua del grifo y sigue

106

vivo. ¿Dónde está mi coco? Oye, pásame la riñonera. Conozco a este niño desde que era pequeño, ahora ha heredado el quiosco del padre. ¿Dónde está mi comprimido? ¡Aquí! El diamante azul Niágara.

**

Justo después de la paliza que me dio el padre de Lucíola y del «viejo verde» que me dejó de recuerdo su hermano, decidí hacer vida monacal: abandoné el tabaco y me hice casto. Empezó a darme vergüenza acercarme a las chicas, temía el rechazo, parecía un bobo, renuncié a correr riesgos. Me despertaba de madrugada, salía a correr a la playa, entrenaba a Carlinhos y nadaba al final de la tarde, después de dar la última clase. Me volví una máquina, un Adonis sin libido. No tenía ganas y tampoco sabía cómo acabaría aquello. Álvaro hablaba como un derrotado, así que me aparté de él. Sílvio abandonaba el barco para darse al puterío, Neto estaba casado y Ciro había muerto hacía poco. Me casé con mi hermana.

Celeste era muy práctica. Decidió probar a vivir sola; su marido le gustaba, pero prefirió separarse. Era muy valiente. En un momento en que las mujeres temían perder a su pareja, Celeste se presentó contándome esto. Fue algo bueno, porque ya no volvería a sentirme incómodo al entrar y salir de su casa, y además suplí la falta de un hombre en su ínterin conyugal. Yo dormía en mi apartamento, pero pasaba el día en el suyo. Fuimos felices así. Pero no duró. Celeste se prendó de un ingeniero de producción que entró a trabajar en su empresa. Yo preguntaba qué hacía exactamente un ingeniero de producción, pero Celeste nunca me lo supo explicar. Tiene algo que ver con la preparación del producto, no sé, un día se lo preguntas a él. Nunca lo hice. Tuve unos celos enfermizos de aquel tipo. Yo llevaba un año sin follar, estaba sumamente tenso, me inventé que Carlinhos no podía quedarse solo cuando ella salía, y me ofrecí a esperarla en el salón, con cara de pocos amigos. En cuanto Celeste giraba la llave, yo iniciaba el interrogatorio: quería saber de dónde venía, con quién había estado, si había comido. Al principio, esto le hacía gracia, decía que estaba loco y me echaba a escobazos; pero cuando me volví agresivo Celeste pensó que lo mejor era hablar claro. Se puso muy seria y me aconsejó que echara un polvo, aunque fuera con la primera que se me cruzara. Hazlo sin pensar, Ribeiro, y luego me cuentas cómo ha ido. Y me prohibió visitas después de las siete.

Por si fuera poco, Neto falleció.

Ciro solía quitar hierro a la tragedia de Álvaro asegurando que todos los hombres tenían gatillazos menos yo. Pero ya no era así. Obligado por mi hermana a volver a la caza después de un largo periodo sabático, y asustado como estaba por la brevedad de la vida, regresé al punto donde me encontraba cuando salí de circulación. Las que me querían no las quería de ningún modo, y las que quería no me querían en absoluto. Las jóvenes amantes, ahora ariscas, arrugaban la naricilla cuando me miraban. Solange fue la menos mala que apareció.

Nos conocimos en el ascensor de mi dentista, ella trabajaba en una oficina de contabilidad en el mismo edificio de la calle Figueiredo de Magalhães. Yo venía de hacerme una limpieza, tenía la boca reluciente, lo cual debió de ayudar. Era una rubia de bote rechoncha de ojos saltones, pero, en conjunto, pasable. Fuimos al italiano La Mole. Ella se comió el escalope con arroz a la piamontesa, y yo las gambas a la griega; tomamos vino, sorbete, café, y devoramos los *petits-fours*. Durante la cena, Solange confesó que estaba ahorrando para ponerse tetas de silicona. ¿Tendrá algún problema en los pechos?, pensé. No me importó que fueran pequeños, incluso me gustan, claro, siempre que no estén mustios. Fuimos en taxi al barrio del Catete y nos bajamos delante de su portería. Solange puso las cosas fáciles. Yo ya estaba en el tercer escalón, con el pie en su recibidor, cuando un pensamiento me alcanzó como un relámpago. ¿Y si me fallaba? En cuanto lo pensé, un sudor frío me empezó a bajar por la nuca. Disimulé, ella no se percató, me volví, le di unas buenas noches de película, quedamos en vernos otra vez, le besé las manos y me fui rapidito. No quería que me viera inseguro, no hay nada que asuste tanto al sexo opuesto.

Sampaio vendía bebidas energéticas, vitaminas importadas, el tipo me caía bien. Una vez que cogí una gripe muy fuerte, me proporcionó un antibiótico que me sacó de la cama en un día. Se convirtió en mi médico de cabecera. Sampaio era muy discreto; cuando me habló de la Viagra, lo hizo por su nombre bíblico: sildenafilo. Aún no existía el tadalafil de las Cialis ni el vardenafil de la Levitra. No pegué ojo la noche previa a la consumación del acto con Solange; me imaginaba intentando meterla sin conseguirlo, soñé que su coño era una estatua de bronce. Amaneció, y bajé a comprar calmantes. El final de la historia con Suzana fue todo a base de Lexatin, con receta de Sampaio. Yo le estaba muy agradecido. Llegué temprano, él tarde. Cuando vio mis ojeras al otro lado del mostrador, me preguntó si había muerto alguien más. Le imploré que me vendiera un ansiolítico. Sampaio me miró con recelo. ¿Un ansiolítico? ¿Para qué? ¿Te quieres relajar? Más o menos, respondí cabizbajo. Perdona que me tome la libertad de preguntarte esto, Ribeiro, pero ¿qué problema tienes? Mi hermana está saliendo con un tipo... No sé... Me ha dicho que me buscara a alguien... Yo la entiendo... Tengo una cena esta noche, y creo que habrá sobremesa. No tienes que contarme nada más, me interrumpió, y me llevó al fondo de la farmacia, hasta un cubículo donde se administraban las inyecciones. Sampaio corrió la cortinilla y descolgó de la pared el aparato de medir la tensión. ¿En tu familia hay casos de presión arterial alta? No, respondí. Olvidé mencionar el infarto de mi madre, pero tampoco me preguntó, solo bombeó el aire, mirando el medidor con gesto serio. Doce/siete, no hay peligro, y se adentró en el almacén. No tardó en regresar con una caja en la mano.

—Mira, Ribeiro, no comparo esta maravilla con Nuestro Señor Jesucristo porque es pecado capital. Pero, efectivamente, Ribeiro, esto de aquí es Nuestro Señor Jesucristo.

Cogí la cajita, en la que ponía: «Viagra». Me aconsejó que la tomara unas tres horas antes para no tener sorpresas y llegar con buen calibre. ¿Tú la has probado?, le pregunté. En cuanto llegó, me dijo, y no he vuelto a dejarla.

Y a mí me pasó lo mismo.

Me follé a Solange como una barrena. Me supo a poco. La Viagra separó el sexo del amor. Yo solía ser un amante celoso, ceporro, que pedía cariño, y el sildenafilo suprimió la expectativa amorosa, caí en la tentación. Sílvio habría estado orgulloso de mí. Follaba como un gimnasta, gasté lo que no tenía con las jovencitas de veinte de los bajos fondos de la avenida Prado Júnior, y me aficioné a las batas desechables del club Centauro, donde casi me arruiné por culpa de dos profesionales con las que me encerré en uno de los cuartitos del club. Empezaron desanimadas, comiéndole la oreja al cliente, pero, poco antes de encenderse la luz roja que indica el final de la sesión, las muy espabiladas salieron de allí arrastrándose como dos pulpos. Me puse tieso como una mala bestia, y pedí que me doblaran el tiempo. Lo tripliqué, lo cuadrupliqué. En el momento de pagar, me dijeron que, con dos, el precio se duplicaba. Salí sin blanca, y tuve que pedirle dinero a Celeste. Le dije que era para una endodoncia.

Me he metido la pastilla en la boca y he salido. Alda no sabe lo que le espera. Hace tiempo que no le echo un polvo a una mujer decente. Será algo bueno, para variar. ¿Cuánto es, Sampaio? ¿Y cómo está mi cuenta? Pues vamos a cancelarla entera, que no me gusta deber nada a nadie. Ayer me encontré por casualidad a Álvaro en la calle Francisco Sá. Yo salía de la farmacia y me topé con él de frente. Hacía muchos años que no nos veíamos, desde el velatorio de Neto, diría. Está acabado, que Dios lo bendiga, la cabeza no le funciona bien, me llamó Ciro unas tres veces y tropezó otras diez. Intenté ayudarlo, pero se ofendió bastante, me dio apuro preguntarle si tenía isquemia.

Copacabana ha cambiado mucho, son los buses que echan ese humo negro. Ponme una cerveza. Me encantan los bares de mala muerte. Me encanta mirar a los borrachos.

Álvaro insiste en que Sílvio murió en el barrio de Lapa, pero se equivoca. Murió en Cinelândia, justo delante del grupo de Carnaval Bola Preta. ¡Si yo fui al entierro, Álvaro! Lo sé por Inácio. El desacuerdo amenazaba con volverse una riña, así que lo corté con un «qué más da». ¿Qué más da? Sílvio nos mintió, dijo que se había ido a Porto Alegre, pero acabó en Niterói y jamás volvió a llamarnos. ¿Te acuerdas de Sílvio drogado? ¿Con ese mal aliento, siempre fumando y hablando sin parar? Pues se ha ido, y se ha ido tarde. El comentario le hizo gracia, y quedamos en vernos un día de estos. ¿Quién sabe? Echo de menos el club. Y a Álvaro, a Neto, a Sílvio y a Ciro.

Yo adoraba a Ciro. Ciro era el mejor de todos nosotros. Nosotros nos comíamos las sobras de lo que a él le llegaba. Las mujeres presentían la presencia de Ciro hasta de espaldas. Por su olor. En cuanto llegaba él, todas se volvían como robotitas. Las casadas, las solteras, las que tenían novio, las debutantes... Y Ciro era un conquistador divertido, no le faltaban historias que contar, sabía un montón de política, era inteligente, lector compulsivo y un romántico; estaba bien dotado hasta para tocar la guitarra. No le ganaba nadie. A veces bromeábamos diciendo que él era el tiburón y nosotros, las rémoras. La verdad es que nos disputábamos la atención de Ciro con el mismo ardor que la de las muchachas.

Pasaba las vacaciones en Búzios, en una casita de pescadores. Una vez, el bellezón más deseado de la playa de Ipanema condujo cuatro horas su escarabajo, de madrugada, solo para encontrarse con él en el paraíso. Cuando llegó, Ciro dijo que iba a buscar la cena y se sumergió en el mar con un puñal en la mano. Volvió con una langosta viva. Después de la cena, fueron derechos al plato principal, y la afortunada extendió por Río de Janeiro la leyenda del pescador de crustáceos. Luego, para asegurarse el número, Ciro dejó en el fondo del mar una jaula con los bichos dentro. En cuanto se presentaba una candidata (cualquiera, porque hacían cola para ir a verlo), Ciro reaparecía entre las olas empuñando el aperitivo.

La gente quería a Ciro.

El día en que conoció a Ruth yo estaba allí, con él. Llegamos juntos a la fiesta de Juliano, listos para otra madrugada inolvidable. Sílvio trajo el arsenal, Álvaro y Neto nos esperaban en la puerta, todo conforme. Las féminas volvieron el pescuezo para ver a Ciro entrar, nosotros sondeamos las sobras, pero una no se volvió. Ruth no se volvió. Ni siquiera advirtió nuestra presencia. Se reía en voz alta, estaba entretenida en un corro donde alguien tocaba la guitarra, a la que luego se unió para cantar aquel *Hoje eu quero a rosa mais linda que houver*... «A noite do meu bem!» «A noite do meu bem.» De Dolores Duran. Tenía voz de cantante de burdel, grave, muy sensual, era una auténtica princesa. La sala entera se detuvo para escucharla. Ruth me robó el corazón, fue amor a primera vista. Cuando miré a mi lado, vi que a Ciro le había pasado lo mismo. Nunca lo había visto así. Ciro tomó la delantera, avanzó hasta el grupo de artistas, pidió el instrumento y se puso a tocar una pieza preciosa, preciosa como ninguna, de Vinícius de Morães, que Odete Lara solía cantar... *Eu sem você... sou só desamor...* Ruth abordó la voz femenina, y Ciro la masculina, y terminaron a dúo, con los presentes aplaudiendo de pie, para siempre enamorados.

Mi mundo se derrumbó.

¿Cómo iba a competir? Ciro y Ruth desaparecieron, y alguien tocó «Lígia». «Lígia», el tema de mi desengaño. Escuchaba «Lígia» sin parar pensando en ella y en Ciro. Era duro salir con ellos, convivir con su alegría. Ruth ya no era joven, pero ¿y qué? Si me hubiera elegido a mí, yo habría tenido hijos, familia, y no habría vuelto a poner el ojo en ninguna de esas niñatas, me habría dedicado solo a ella. Pero ella escogió a Ciro. Yo también lo habría hecho. Pero yo la habría cuidado. Jamás le habría hecho lo que él le hizo, la canallada que le hizo.

Por eso me aferré a Suzana; por eso no perdonaré nunca a Sílvio, porque amé a Ruth toda mi vida, pero siempre me mantuve en mi lugar. Asistí a cómo Ciro la hacía feliz, muy feliz, y luego a cómo la mató, la internó, le escupió. Qué bien te vino, Ciro. Qué bien te vino ese cáncer.

Esta vez me ha dado fuerte. La pastilla me está haciendo sudar. La clave reside en pensar en Alda. El tráfico es infernal. Y esa ropa de licra, Dios mío... El mundo se ha vuelto loco. Las mujeres se visten como putas hasta para ir a la panadería. ¡Mira el culo de esa! Envasado al vacío en los *leggings*. Aprendí qué eran los *leggings* en el Impact.

Ya he llegado. Estoy mareado. He parado un momento en la portería para coger aire. El portero se ha dado cuenta y se ha ofrecido a ayudarme. He sentido la misma irritación que Álvaro y le he respondido que no hacía falta. He sido un maleducado porque sí, he pensado. Le he preguntado si tenía correspondencia y, antes de comprobarlo, ha comentado que estaba colorado. Es el bochorno, le he dicho. Pero no hacía bochorno, hasta refrescaba. ¿Van a cortar el agua? ¿Ahora? No, que esperen un momento, que tengo que ducharme. Avísales de que ya subo, ¡hazme el favor! Conseguí llegar a duras penas hasta el ascensor. Hace unos treinta años que la comunidad de propietarios no quema basura, pero el olor no se va. Primero..., segundo..., este ascensor se va a desplomar. Quinto..., sexto, mi planta. La vecina del 610 está cocinando judías. El pasillo huele a sulfamida. No soporto las judías. Sientan fatal al estómago. ¿Dónde está la llave? Con este tufo me va a dar algo.

Mi santuario. Corro al baño. Uy..., el techo está negro, ¿qué te pasa, campeón? Baja la cabeza, respira hondo. Mejor. Jaqueca a la vista. Me he quitado el bañador en la ducha, para que no se llene todo de arena. Cómo le cuesta calentarse a esto. Tengo que llamar al electricista. Las duchas eléctricas han evolucionado mucho. Ahora... Vamos, cacharro, que nos van a cortar el agua. Se ha calentado. Menos mal. Sudo hasta debajo del agua, creo que voy a vomitar. Ahora vuelve a estar fría de cojones, esta ducha es un infierno.

Al avanzar para cerrar el grifo del agua fría, he notado un hormigueo que me subía por la mano derecha y, a través del brazo, llegaba al pecho. El pecho. Se me ha contraído como si un gigante me estrangulara con los dedos. La punzada me ha alcanzado el plexo solar, me ha paralizado un pulmón, la mandíbula se me ha agarrotado y he notado que me faltaba el aire. He procurado tranquilizarme, he pensado en llamar al portero, a la policía... ¿Cuál es el número de Celeste? 97... 9756... 753... 75..., he intentado recordarlo. He salido de la ducha ayudándome de la cortina, pero el plástico no ha soportado el peso, y he besado el suelo. Estaba mejor que de pie. Túmbate, túmbate, pon las piernas en alto. Tranquilízate, campeón. Dios mío, no veo nada. Tengo que toser, oí en la televisión que hay que toser si crees que estás teniendo un infarto. Y estoy teniendo un infarto. Pero no creo que pueda toser con el sofoco que estoy pasando.

Tengo que encontrar a Carlos. Que venga con su hijo..., ¿cómo se llama? No importa. Carlinhos me meterá en un taxi y me llevará a urgencias... ¿Dónde está el móvil? Me lo he dejado en el salón. Maldita sea. No volveré a levantarme de aquí. El corazón se me va a salir por la boca. Que se me sale, que se me sale..., se me sale..., se me... ha salido.

Tranquilo, Ribeiro, que tú no tendrás ni un derrame, ni Alzheimer, ni Parkinson. No habrá una enfermera fea que empuje tu silla de ruedas, no se te caerá la baba como a Álvaro, ni saldrás perforado de un hospital como Ciro. Tú eres un tipo con suerte. Se ha acabado el agua. Ah, ¿sí? Ah, ¿sí? Sí. Así será. No debería haberme tomado esa bomba con el estómago vacío. Me olvidé de que lo tenía vacío. Tenía que pasar. Me estaba tomando unas cuatro o cinco por semana. La Viagra me ha dado diez años de vida útil. Es justo. Más que justo. Cambio los diez años que tenía por delante por los siete que tuve detrás. ¡Viva la tropa del Centauro, los travelos de la Xouxoteca, el Erotica y el sexo por internet! Lo he aprovechado al máximo. Ahora toca dejarlo.

En realidad no aproveché nada en absoluto. Ruth no valía nada de todo aquello.

Fui a verla a casa de su hermana unos diez años después de la separación. Ruth se convirtió en una mujer ausente, amarga. Cuando me vio, renegó de todos, de Sílvio, de Neto, de Álvaro y de mí. No mencionó el nombre de Ciro. No podía, no era capaz. Fui allí con la esperanza de confesarle mi amor, de proponerle lo que fuera, lo que ella quisiera, pero no tuve valor. Me preguntó cómo

estaba la cuadrilla de indeseables. Tal cual, indeseables...
Le dije que hacía tiempo que no los veía. La visité poco
después de la paliza que me dieron por culpa de Lucíola;
entonces me propuse cambiar las cosas y encontrar a una
mujer de verdad. Ruth me pidió que me marchara, dijo
que estábamos todos muertos para ella y se fue a su habitación sin despedirse. Su hermana me acompañó hasta la
puerta y me hizo jurar que no volvería. Ciro exprimió a
Ruth hasta no dejar nada de ella. Siempre fue un egoísta.

Dejé de hacer planes. El futuro se acabó allí.

A partir de entonces, accedí a tirarme a señoras cada
vez más alejadas de mi gusto. Como esa tal Alda, a la que
he elevado a Miss Universo, pero que es en realidad un fin
de trayecto inconmensurable. Perdona, Alda, pero hoy no
podré estar contigo.

ALDA esperó a Ribeiro a la salida del trabajo durante más de una hora. Volvió a casa humillada, rechazada incluso por un viejo. Al día siguiente, la noticia se esparció por el edificio: el profesor no se había presentado a la clase de las seis ni al partido de voleibol de las diez. Carlos lo llamó, tocó al timbre, y el portero decidió echar la puerta abajo. Ribeiro estaba en el suelo del baño encharcado. Cuando volvieron a dar el agua, la ducha empapó el suelo. El cuerpo rígido, casi a punto de empezar a descomponerse, no fue una visión agradable. Carlos llamó a la funeraria, intentó secar el suelo con una toalla, llamó a Celeste y le contó lo que había ocurrido. Alda sonrió sin querer, no deseaba la muerte de nadie, pero el alivio de no haber sido despreciada por un septuagenario era mayor que la pérdida. Hasta le pareció romántica la idea de que ella hubiera sido la última esperanza amorosa del señor del barrio de Copa, no dejaba de ser un idilio. Fue al cementerio del Caju a expresar su pésame por el muerto.

Los entierros habían caído en desuso. Con la inauguración del crematorio São Francisco Xavier, las familias preferían las cenizas a los huesos. Celeste se encargó de los preparativos. Sus chicos la ayudaron muchísimo, pero ella insistió en ocuparse sola de los detalles, de encargar las coronas, de escoger el féretro, el traje de su hermano. Carlos cubrió a su tío con la bandera del Botafogo y le puso entre las manos el balón de voleibol con el que habían jugado el último partido. El sobrino se encargó del discurso. Carlos fue sincero y cariñoso. Su madre no quiso decir nada, pero se mantuvo abrazada a su hijo, asintiendo con la cabeza al final de cada frase. A ella le correspondió dar la orden para poner en marcha el horno. La melodía fúnebre amenizó la travesía del ataúd por la cinta de rodillos metálicos, hasta que este desapareció por un túnel bajo y oscuro, como las maletas en los rayos X de los aeropuertos. El producto final no se les entregó hasta el día siguiente. Celeste enseñó el resguardo, recibió la caja en la administración y se marchó a la Pedra do Leme. A mi hermano le gusta la playa, se justificó mientras desenvolvía el contenido de la urna entre los pescadores, las cañas y los anzuelos. Carlos y su hijo cogieron un puñado de su pariente, Celeste hizo lo mismo, y entre los tres arrojaron a Ribeiro al viento; repitieron el gesto hasta que ya no quedó nada. Ribeiro revoloteó alrededor de la familia, antes de que una corriente de aire lo succionara y, con él, a los urubúes. Algunas partículas rozaron el rostro de quienes presenciaron la ceremonia. Nadie se opuso, la hilera de pescadores respetó la libertad de la familia, aunque les molestara la nube de polvo orgánico.

Celeste era una mujer terrenal, veía tanta grandeza en la muerte como en la vida. Las niñas maduran pronto; al faltarle la madre, Celeste devino muy pronto mujer. El ama de casa, la esposa del padre, la madre del hermano. La despedida de Ribeiro fue para ella un acto conmovedor, pero no hasta el punto de quitarle el orgullo de tener un hijo hecho y derecho, el del nieto saludable, el de los hombres buenos que había tenido y tenía a su lado. Hacía mucho que vivía sola, pero su nieto ocupó el lugar de su hijo, el nuevo amor, el lugar del antiguo, de forma que nunca tuvo que hacer frente al vacío de las pérdidas. No tenía carácter para eso. Siempre vivió rodeada de los suyos, nunca creyó en la soledad. Hacía unos años que Ribeiro no estaba bien, había perdido la inocencia que conservara durante tanto tiempo. Prefería que estuviera esparcido en el espacio antes que deambulando por Copacabana, gastándose el dinero con prostitutas, tomando estimulantes, exponiéndose a que le dieran una paliza, le robaran o lo detuvieran. Para él ha sido algo bueno morir en este momento de su vida, pensó mientras se abrochaba el vestido negro.

Era la primera vez que Álvaro asistía a una incineración. Le pareció detestable e indigno meter a un muerto en una fábrica de cenizas, mezclado con los restos de otros muertos. Nadie limpia esas cosas. La placidez de la hermana chocó al último amigo vivo. Celeste debía disimular mejor su aceptación. Lloraba, cierto, pero sonreía, y enseñando los dientes; no había derecho. Su hijo y su nieto fueron más discretos, los maridos también. Todas las mujeres son ostentosas, decretó Álvaro con su misoginia impenitente. Esperaba ver a alguien desconsolado por la muerte de su amigo, pero todos parecían resignados, él incluido. Le preocupaba haberse quedado solo, porque ahora tenía todos los números para ser el próximo. Además, se estaba aburriendo. ¿Sería la ceremonia o el calor? ¿Por qué hace este bochorno cada vez que alguien se muere? Le faltaba el aire, y prefirió sentarse al fondo de aquella pequeña platea. Escuchó las palabras de Carlos, le pareció un discurso bonito, pero le chocó la naturalidad de los presentes. La muerte no tiene nada de natural. Allí faltaban la rebelión, el desamparo, el luto de antaño. Faltaba el morir de amor.

RUTH era la diosa Oxum, María y Magdalena. La femeninidad absoluta. Siempre fue así. Orgullo del padre, reflejo de la madre, una mujer con la que casarse. Sería feliz en cualquier época, era o lugar. Serviría al burgués y al guerrero, era la encarnación de Afrodita, la feminidad en persona. Futura esposa ejemplar, despertó a la vida en el apogeo final de la década de los cincuenta, fascinada por la elegancia de Tom Jobim y Vinícius de Morães. Amar estaba a la orden del día. Los adultos se embriagaban con mal de amores, y Ruth ansiaba que llegara el día de su propio desconsuelo. Era un bicho raro y, consciente de serlo, se reservaba para su amor ideal. Pese a estar a la altura de las exigencias de la nueva era, alimentaba un romanticismo pueril.

Fue de las primeras en conocer la libertad de beber y fumar, cantar en fiestas que duraban hasta la madrugada, llevar bikini, ser pretendida por los chicos y reír sin ser vulgar. Era culta e inteligente, no habría sido una mujer completa de no ser así. Leía a Nietzsche y hacía ganchillo. La buena educación de la escuela Sion refrenaba cualquier exceso, era relajada en la dosis justa, y buena chica en igual medida. De buena familia. Sus amigas resultaron ser más atrevidas. A diferencia de Ruth, no tenían elección. Aprovecharon la brecha de la revolución de las costumbres y, alentadas por la pastilla, fueron pioneras en el arte de dar sin pensar en si valía la pena. Ruth no; ella esperó, paciente. Y, mientras llegaba o no el momento, escuchaba a Dolores Duran.

Entró en la Facultad de Letras virgen. Los chicos enseguida se fijaron en su graciosa forma de andar, en su sonrisa amplia, en su voz afinada y en aquella manera tan seductora de ponerse las manos en la cintura cuando bailaba samba. Ruth desfilaba entre los pilares de la universidad bajo la embriaguez de convivir a diario con la testosterona de los varones. Su naturaleza respondió a los estímulos, se dejó el pelo largo, la piel se le sonrosó y sus pechos ganaron turgencia; todo en ella maduró a la espera del momento que se resistía a llegar. Leyó *El banquete* de Platón con el grupo de estudio, y descubrió que era andrógina. Algún dios maldito había partido por la mitad su cuerpo de origen, separándola de su hombre. Quería encontrarlo, recuperarlo. Una noche fantaseó con que volvían a coserla a su otra mitad, punto por punto, piel con piel, sintió escalofríos y se durmió excitada. Pero Ruth olvidó tener en cuenta la advertencia del sabio: «Solamente se ama aquello que no se posee».

Sérgio era un chico sensible, serio y atento. Estudiaba filosofía y quería ser profesor. Sus amigas preferían a Beto, el Alain Delon de la clase de Economía, pero Ruth eligió al otro, con quien había descubierto *El banquete*. La virginidad era praxis, pero había dejado de ser dogma. Sus compañeras más desinhibidas, disconformes con las reservas de Ruth, la tachaban a coro de princesa esnob.

La tensión de la libido amenazaba con romper el dique. Ruth pensaba en amar día y noche, no le interesaba la política, ni la guerra, Cuba, el porvenir o la bomba. Decidió que lo haría con Sérgio. Accedió a terminar un trabajo en casa del chico y, una tarde soleada, en la primavera de 1962, se acostó en su cama y, con un beso, le brindó su cuerpo. Pillado por sorpresa, Sérgio se esmeró en su misión. Era tímido y trató de disimular su inexperiencia; fue respetuoso, técnico y dedicado. Ruth salió de aquel cuarto con la incómoda sensación de seguir siendo la misma. Todavía era casta. La frustración le hizo rechazar el sexo, y retraerse aún más; si seguía intentándolo, pensó, corría el riesgo de perder la emoción del gran acontecimiento. Sérgio le había quitado el himen, cierto, pero no había aplacado ni una pizca la comezón. Es la pasión lo que desflora a las mujeres, lo que despierta los sentidos, el olfato, el tacto, el paladar, la visión, el estremecimiento en los oídos. Ruth permanecía intacta. ¿Quién la rescataría? Ciro. Aristófanes se refería a Ciro.

El azar los unió. Juliano, el chico que cumplía años, era primo de Irene, y esta, uña y carne con Ruth. Juliano se dio cuenta un día de que las amigas de su prima estaban a punto de caramelo, y organizó con ella una fiesta en la que reunirse para tocar la guitarra. He aquí el motivo por el cual Ruth estaba presente en la fiesta cuando Ciro, Neto, Álvaro, Ribeiro y Sílvio cruzaron el salón. Podría no haber estado, pero estaba. Y, aunque no hubiera estado, Ruth y Ciro se habrían encontrado algún día, de alguna forma. Estaba escrito. Así sería.

Hoje eu quero a rosa mais linda que houver...

Todos callaron para escuchar a la cantante..., no, cantante no: intérprete. Ruth era intérprete. Las largas horas que había pasado junto al tocadiscos, el disco rayado de tanto girar, con qué claridad comprendía la letra, cómo se identificaba con el lamento de Dolores, de Maysa, la gravedad de la voz, toda la obra invitaba a detenerse y prestar atención. Hacia el final de la canción, cuando la letra confesaba que, al tardar tanto en llegar su amor, ella no sabía si aún tendría en la mirada toda la pureza que quería entregar, miró a los presentes y vio a Ciro de pie, al fondo del salón. El suelo se abrió bajo sus pies, la pared retrocedió, y la imagen de aquel hombre hermoso se volvió gigantesca, luminosa, frente a ella. Se mareó. Sintió la sangre corriéndole por las venas, las arterias se estrecharon, la inyección de hormonas erizó el vello, estranguló las vísceras y aceleró el corazón. Era el principio del envenenamiento. Terminó la canción entre aplausos, fingió calma, sonrió, intentó controlar la vorágine como pudo, hasta que advirtió de reojo que Ciro se aproximaba. Tembló de la cabeza a los pies. Él tomó la guitarra de las manos de uno de los músicos, se sentó delante de Ruth y, sin quitarle los ojos de encima, hizo sonar los primeros acordes. Y cantó.

Eu sem você não tenho porquê...

El preludio. Ruth se sonrojó, todos lo notaron. Ciro sonrió, era irresistible. Con una reverencia, pidió a Ruth que lo acompañara en la segunda voz. Su musa aceptó el desafío. Pasearon por las notas, se valieron del poeta.

Sem você meu amor eu não sou ninguém...

No hubo un momento de respiro. Una vez concluido el dueto, Ciro devolvió la guitarra a su dueño, se levantó en medio de la ovación de los espectadores, bramó que Ruth era suya y se la llevó lejos de la plebe. Pese a la revuelta, ningún invitado osó contrariar al héroe. Señor absoluto de la escena, Ciro raptó a la reina con la pericia de Eros. Aquella noche se formaron muchas parejas, alentadas por la contemplación de aquel encuentro.

La palma de la mano de Ciro apretándole la suya le transmitió mucha calma. No recordaba qué hizo, solo recordaba su desesperación al desabotonar la camisa y apoyar el rostro sobre la piel de un desconocido. Se quedó así, con los ojos cerrados, respirando el mismo aire, escuchando el latido acompasado. Habría querido que la cosieran a él para siempre. Las manos grandes levantaron su rostro, y Ruth tuvo el valor de mirarlo. Ciro acercó su boca a la suya y la abrió con sus labios, sus dientes, su lengua. Ruth lo agarró por el cuello, sintió la aspereza de la barba, el olor a tabaco, a hombre. El amor nada tiene de etéreo, es carne, es físico, es brutal. Ciro subió las manos por las piernas de Ruth y, sin pensar si debía hacerlo o no, hundió los dedos en ella. El gesto despertó censura. Por primera vez desde que había visto a Ciro, Ruth fue capaz de razonar. ¿Quién era aquel hombre?, pensó, mientras agarraba con firmeza aquella mano intrusa. Ciro lo entendió. También reflexionaba por primera vez sobre lo que había pasado desde el instante en que la había visto.

—Me llamo Ciro, he estudiado Derecho, y nunca me había pasado algo así.

Fue todo lo que pudo decir. No era un truco, ¿cómo hacérselo entender? Ciro desconocía el terreno que pisaba, pero la respuesta sincera surtió efecto. Ruth aceptó la inocencia del reo y consintió.

Alguien se asomó al balcón adonde habían salido. Esto apremió lo que pedía apremio. Se marcharon sin despedirse. En el rellano, Ciro apretó el botón del ascensor con insistencia, mientras Ruth miraba el suelo de parqué. No pensaba ir a la casa de aquel chico, pero tampoco a la suya, porque eso era imposible. Tendría que hacerlo allí. Serios, contaban los segundos. Quien los hubiera visto habría pensado que estaban enfadados. Al entrar en el cubículo de espejos, Ciro dejó pasar maquinalmente dos plantas y presionó el botón de emergencia. La puerta se abrió, revelando el feo muro de cemento. Ruth esperó sin moverse. Él la apretó contra la pared con un beso profundo, y todo volvió a rodar de nuevo. Ciro descendió, deslizándose sobre sus pechos, sobre su vientre, hasta arrodillarse. Le levantó la falda hasta dejar a la vista el ombligo, hundió su rostro en el centro de su cuerpo y la olió.

—Yo me llamo Ruth —le dijo.

Ciro se levantó para contemplarla. Sus manos pasaron sobre la nuca de la elegida, ella enlazó sus piernas a las de él para no caerse, él se quitó el cinturón precipitadamente y alzó la vista para mirarla otra vez. Con gesto serio, presionó la cadera y se abrió paso entre sus piernas. Ya estaba hecho. Alguien dio un grito en alguna planta pidiendo que liberaran el ascensor. No había tiempo. Ajustó a Ruth en la esquina del minúsculo recinto y violó a su niña hasta terminar. Ruth ya no era virgen. Había encontrado su razón de ser.

—He visto a Jesús —confió a sus amigas.

Le gustaba Jango porque a Ciro le gustaba Jango; el Che, Dylan y Noel Rosa. Ruth asumió el papel de primera dama, fue la Maria Tereza Goulart, la Jacqueline Kennedy de Ciro, hizo los honores de la vida de su amado. Volvió a la política, debatió sobre la bomba, se hizo amiga de Célia, casó a Irene con Álvaro, se rio de los excesos de Sílvio y nunca entendió la soltería de Ribeiro. Sentía pena por él, pero no sabía por qué. Se enamoró de todo cuanto orbitaba en torno a su sol. Se manifestaron contra el golpe de Estado, asistieron al espectáculo musical *Opinião* con Nara Leão y Maria Bethânia, ocultaron a amigos perseguidos, salieron en el desfile de Carnaval de la Banda de Ipanema, fueron a la playa y se amaron como nadie. Pasaron la luna de miel en Búzios. Ciro la llevó a pescar langostas para la cena; se sumergieron entre las rocas, follaron en la arena, en el muelle, en el dormitorio y demás habitaciones. Ruth solo conocía el orgasmo de sus sueños, Ciro lo convirtió en algo palpable, fue un conquistador.

Sin embargo, es justo en ese momento, en el culmen de la realización amorosa, cuando se produce el extravío femenino. En la embriaguez afectiva. Ruth ya no era ella, era Ciro, era el hijo de ambos, era su casa, era la unión. Se sentía realizada. Se olvidó de la advertencia del filósofo. No sospechó que los diez años de felicidad eran la samba del preludio de Tosca, el cúmulo de todo lo que le faltaría a partir de aquel momento.

Se levantó temprano, Ciro la observaba con una expresión taciturna. No era normal que se despertara antes que ella. Ruth le sonrió, pero él se dirigió al baño sin devolverle el gesto de cariño. ¿Estás bien?, le preguntó. Estoy bien, le respondió.

A lo largo de muchos años, Ruth repasaría aquella mañana en su cabeza. Estaba convencida de que la noche anterior, antes de acostarse, Ciro aún la quería. Pero se había levantado cambiado, apesadumbrado, seco. Aquella noche regresó tarde, bebido, y Ruth le pidió que hablaran, pero él se encerró en el baño, molesto. Al día siguiente seguía arisco, ella le exigió una explicación, y acabó oyendo algo que jamás pensó que oiría: el problema era su matrimonio. Ruth se quedó de piedra. Él no quiso extenderse, le pidió disculpas, se abotonó el traje y se marchó al despacho. Sobrecogida, dejó a João con la cocinera y se retiró al dormitorio; faltó al trabajo, dijo que no se encontraba bien. La asistenta reparó en la palidez de la señora, notó que tenía los ojos muy abiertos y la respiración entrecortada, pero no dijo nada. Cogió al niño y honró la labor de madre.

Ruth no comió, no durmió, no salió de su enclaustramiento. Llegó la madrugada, y Ciro no volvía. Sintió pánico. Acabó durmiéndose de agotamiento, con los ojos hinchados; se despertó sudada y se puso a andar de acá para allá sobre la alfombra. Comprobaba cada minuto si había movimiento en la calle. Habló sola, se deshizo en sollozos, iba y venía como una insomne. El sol amenazaba con salir cuando oyó la puerta. Como un perro adiestrado sin dueño, se puso de pie, a la espera, junto a la cama. Pasos por el pasillo..., era él, estaba segura. Al abrirse la puerta apareció Ciro, trastornado.

Ruth no quiso saber nada de las manchas de pintalabios ni de los restos de purpurina pegados a la camisa de
su compañero. Follaron como perros. Ruth lloró abrazada
a su marido, y él le juró ser fiel.

Los meses se sucedieron en calma, Ciro parecía re-
puesto, y Ruth recuperó el delicado orgullo de antes. La
publicidad navideña invadió la televisión, anunciando el
empacho de celebraciones. Ciro avisó de que llegaría tarde
por la fiesta de fin de año del despacho. A Ruth no le importó, abrumada como estaba con los regalos, el árbol, el
pavo, las torrijas y el huevo hilado de las efemérides. Dieron las doce, pero no hubo señal de Ciro. Ruth se acostó
preocupada, presintiendo el regreso de la pesadilla. A las
cuatro cuarenta y siete oyó la llave y salió corriendo al pasillo moviendo el rabo. Ciro se había emborrachado,
como solía hacer de vez en cuando. Pero la bragueta abierta, la camisa por fuera del pantalón y los restos de un pintalabios cereza de lo más ordinario lo delataban. Ciro no
mostró culpa ni arrepentimiento. Al contrario: se rio y la
llamó «cariño». Asqueroso. Ruth lo apartó de un empujón
y gritó, para que los vecinos supieran con qué ser tan re-
pulsivo compartía la cama. Desató su histeria. Él le dijo
que estaba hasta los huevos, que se encontraba agotado y
necesitaba dormir; cogió una muda de ropa y desapareció
por la puerta de atrás. Cuando la asistenta llegó a las siete,
Ruth corrió a encerrarse en la habitación. La asistenta se
ocupó del niño, de la cocina, de la ropa para planchar,
y solo molestó a la señora al final de la tarde, para avisarla
de que tenía que irse. Era 23 de diciembre, víspera de Navidad. Ruth no respondió. La pobre llamó a Raquel, la tía
del niño, para que se hiciera cargo del drama. Raquel le
dijo a João que fuera a jugar con sus primos, e intentó
convencer a Ruth para que saliera de su habitación. Costó
mucho negociar con ella. Ruth repetía que solo saldría si

Ciro volvía a ella. Raquel insistió en que podía dejarle una nota en el salón por si él regresaba, pero aun así tenía que levantar cabeza y apoyarse en la familia.

—Tienes que pensar en João, Ruth. Él no tiene la culpa de vuestras desavenencias. João es más importante que Ciro, piensa con la cabeza.

Ruth quería a João, pero Ciro ocupaba un altar. Por eso no había querido más hijos: no los necesitaba. La dolencia de Ruth era una desviación de carácter, un exceso irracional. Dejó su guarida después de mucha insistencia; salió de allí lívida, casi muerta. Raquel se asustó con el destierro de su hermana. La colocó en el coche como quien carga con un cristal, y la llevó a su casa de Humaitá. Ruth no bajó a cenar, no quiso abrir los regalos ni ver a la familia. Dejó de comer el día 29, y ayunó hasta el 31; ingresó en la clínica São Vicente el 1 de enero de 1981.

Ciro no apareció hasta la tarde. Apesadumbrado, imploró que le dejaran a solas con su mujer. Raquel accedió a regañadientes. Necesitaba descansar y consideraba que su cuñado les debía una explicación por la canallada que le había hecho a su hermana. Ruth no se despertó hasta horas más tarde. Cuando vio a Ciro, pensó que era un delirio causado por los sedantes. Él se acostó a su lado y volvió a jurarle que jamás volvería a hacerle nada parecido. Ruth se creyó la promesa, no le quedaba otra, haría lo que hiciera falta para no perderlo otra vez. Ruth era propiedad de Ciro. Y, cuanto más se sometía a él, más difícil le resultaba a él amar lo que le pertenecía.

Volvieron a vivir seis meses de tranquilidad, y un despiste tonto, una visita al dentista de João que Ciro pasó por alto, puso a Ruth en alerta. Y su sospecha no era infundada, pues Ciro tenía un lío con la mujer de un cliente para el que había ganado un juicio. El pavor le hizo perder de vista la dignidad. Lo siguió en un taxi, bajó en la Glória, subió al apartamento de Sílvio. Los pilló in fraganti, en pleno acto, y armó un escándalo. Ciro reaccionó como si estuviera solo: se levantó, se vistió con calma y salió por la puerta. Ruth gritó hasta quedarse sin voz, bajó corriendo las nueve plantas de escaleras, fue hasta la esquina, lo buscó dando vueltas, volvió en sí, se murió de vergüenza y regresó a casa. Ciro ya estaba allí, se había duchado y llevaba puesto el pijama. Cuando la vio, sonrió como si no hubiera pasado nada. Estupefacta, Ruth relató lo ocurrido, Ciro se indignó. Lamentó el espectáculo, le supo mal por Sílvio, el dueño del piso, y le dijo que seguramente había incomodado a la pareja equivocada. A esto añadió que él se encontraba en casa desde hacía un buen rato, esperándola. Cariño, ¿y si te buscamos un médico?

Ruth se apoyó para sentarse. Pidió un vaso de agua. Si él no era el hombre al que había sorprendido en el apartamento de la Glória, ¿quién era el otro? Y si él era el hombre del apartamento de Sílvio, ¿quién era el individuo en pijama que había ahora en el comedor, delante de ella? La cuestión la consumió de tal forma que volvió a olvidarse de comer y dormir. Fue ingresada tres días después del acto flagrante.

Regresó cambiada. Hablaba poco, mantenía una vida en secreto. Sabía que todos la veían como a una loca, pero no le importaba. La decepción de Ciro le sirvió de escala para valorar al resto de la humanidad, y jamás quiso saber nada de nadie. Solo se ama aquello que no se posee. Le llevó una década atenerse a la advertencia. Lo hizo todo mal, jamás se resistió a Ciro. Cedió de inmediato, para siempre, había perdido toda capacidad de negociación. Había que privarlo de ella. Ruth dejó de hablarle.

Ella creía que la pasión rebrotaría hasta multiplicarse. Quien sufría era ella. La carencia era suya. Era masoquista cuando Ciro quería que fuera sádica. Destruyó la libido. Ciro reaccionó con igual violencia. Se tiró a medio mundo, mientras Ruth permanecía en silencio.

El acto supremo del romanticismo es el suicidio. Ruth nació con el defecto de ser extremadamente femenina y, por ende, excesivamente romántica. Siempre vio una ventaja en esto, pero, ahora que descubría la fragilidad de su naturaleza, lo habría dado todo para librarse de sí misma. Si tuviera las agallas de Madame Bovary tomaría cicuta, si poseyera la nobleza de Sonia me enfrentaría a Siberia, si fuera miserable como Fantine me arrancaría los dientes... Pero no, era una mortal carioca de clase media, como tantas. Célia, Irene, Raquel, todas trataban su sufrimiento como algo vulgar, como un mero desquite. Cortarse las venas, ahorcarse o inhalar gas eran finales demasiado grandiosos para alguien como ella. Decidió ser humilde, mató el amor con la discreción de una vestal, hizo del hogar un convento. Ya no pensaba en reconquistar a su esposo, ahora solo quería aislarse del ruido exterior, que nada le importara, no querer, no necesitar, no sufrir. Morir. Ejercitó la indiferencia hasta volverse insensible al olor, al rostro y a la voz de su media naranja. Los objetos fueron desapareciendo de casa: los discos, los libros... Ciro preparaba la mudanza. Salió de casa con la cabeza gacha y las maletas llenas. Ruth entendió que no regresaría. Sintió alivio, era libre para ser infeliz a su manera.

—Ruth, Ciro falleció ayer en el Hospital Silvestre. Hace tres meses le encontraron un tumor muy agresivo, y no lo resistió. Ya se ha acabado, Ruth —le dijo Raquel—. ¿Quieres ir al entierro? Tengo que llevar a João. He pensado que debía preguntártelo.

Ruth sintió odio por su hermana. El amor reprimido amenazó con aflorar y desbordarse. Nunca más volvería a verlo. De él, solo han quedado los errores, pensó. Ciro jamás sabría que los diez años de matrimonio seguían significando para ella toda su vida. ¿Por qué Raquel no se lo había contado antes? Quiso pegarle. Culparla de asesinato. El largo ejercicio de clausura y el autocontrol a duras penas conquistado le habían devuelto la frialdad. Es mejor que haya sido así, reflexionó. No habría tenido valor para verlo y arriesgarme a perder otra vez la cordura. Respondió a Raquel que prefería quedarse en casa.

Raquel salió del dormitorio sin contestar. Había aprendido a respetar la voluntad suprema de su hermana. Adoptó a João como hijo y mantuvo a la asistenta. Ruth exigía lo mínimo y, a cambio, pedía que no la importunaran, que no juzgaran sus actos, que la dejaran en paz. Raquel había crecido con celos de los encantos de su hermana, pero ahora daba gracias a Dios por no haber sido bendecida con ningún don divino. Desde muy pronto aprendió que el mundo es injusto y que toda gran alegría precede a una tragedia mayor. Estuvo a punto de abjurar de su fe en san Juan Bautista, pues sentía desprecio por las flaquezas de su cuñado, pero la responsabilidad hacia su sobrino la disuadió.

Ruth abrió un armario del salón que no veía la luz desde que Ciro la había abandonado. Sacó de allí una caja de cartón llena de polvo, la puso sobre la mesa y buscó, entre la pila de discos que contenía, un viejo elepé de Dolores Duran. El tocadiscos, herencia del equipo de sonido que Ciro compró en 1978, seguía intacto en la estantería. Durante aquellos años, la asistenta se había ocupado de las habitaciones vacías con la misma dedicación de siempre. Ruth vivía en su dormitorio, pero ese día, después de que su hermana llamara a la puerta, decidió salir de su refugio. Cruzó el pasillo hasta la sala de estar, descorrió la cortina para permitir que entrara el sol y dejó que la memoria fluyera. Se acordó de ella misma, tan distinta de ahora, sentada en aquel mismo sofá, y de Ciro tirándole del brazo para bailar, João saltando entre los cojines, los cuadros, la mesa puesta. El momento pedía música. Sacó el vinilo de la funda, lo limpió con cuidado y lo colocó sobre el plato. La aguja aún resistía. Se oyó el crepitar previo a la melodía, la introducción de la orquesta y Dolores.

Não deixe o mundo mau te levar outra vez...

Ruth subió el volumen, cantó, bailó, se dejó llevar. Se hundió en el sillón resollando, dejó de cantar y se detuvo a pensar. Sentía gratitud. Hacía diez años que se enfrentaba a la ausencia de Ciro. Su muerte era el fin de la tortura de saber que, en vida, era feliz junto a otra mujer. Muerto seguiría siendo suyo, inmaterial, eterno.

***

De toda su generación de amigos, Ruth fue la más longeva. Resistió largos años encerrada en casa, junto a su compañero imaginario. No tardó en perder el contacto con la realidad, viviendo entre allá y acá, más allá que acá. Alzheimer, abulia, demencia, esclerosis..., existían diversos nombres para síntomas tan parecidos. Ruth se extinguió al amparo de su hermana, y falleció una mañana lluviosa a los ochenta y tres años, feliz con su amo.

CÉLIA se mostró solidaria con el drama de Ruth: recriminó a Ciro sus actos y estuvo presente todas las veces en que la ingresaron, hasta que llegó a la conclusión de que la neurosis de su amiga no tenía remedio.

Después de la separación, las visitas a su piso, situado en una planta baja de la calle Maria Angélica, pusieron fin a la amistad. Aquel amplio salón que daba a un jardín bien cuidado, donde hacían las *feijoadas* los sábados, donde veían los mundiales, donde los niños corrían a sus anchas, donde pasaban ratos a gusto jugando y bebiendo, se había convertido en un sombrío mausoleo. Ruth nunca abría las ventanas ni encendía la luz. Habitaba en el cuarto del fondo, sin permitir la entrada a nadie. Solo la empleada doméstica cruzaba aquel umbral. Pero a ella no la considera una persona, sospechaba Célia, por la manera en que Ruth se dirigía a la asistenta.

—Una señorona, Irene. Ruth es una señorona. Trata a la pobre como si fuera su esclava, le gusta que le sirva el desayuno en la cama. Si al menos colgara la ropa en las perchas o fregara los platos, no estaría como está, desesperada por culpa de un vividor. Yo sé que molesto, así que no pienso volver. ¿Para qué? ¿Para aguantar los ataques de nervios de una niña bien?

Irene no discrepaba, aunque la censura de Célia le parecía exagerada. Ella se identificaba más con Ruth que con Célia, la Margaret Thatcher del barrio de São Cristóvão. Irene evitaba hablar de su insatisfacción conyugal por temor a los reproches.

135

Célia estudió en la escuela pública, fue campeona de natación en el instituto y nunca daba disgustos en casa. Era hija de un portugués que de niño había sido abandonado por su madre. Esta quedó viuda muy joven y, prefiriendo la compañía del hijo mayor, metió al pequeño en un internado. El rechazo materno proporcionó al hijo un oficio. En el internado aprendió a ser carpintero, y, una vez creció, formado y libre, prosperó en el ramo de la compraventa de muebles. Se casó con la dependienta de la tienda, una negra muy guapa de dientes blanquísimos, que resultó ser una excelente gerente para los negocios. Célia vivió en el Campo de São Cristóvão hasta que fue mayor de edad. Le gustaba ir a la Quinta da Boa Vista los domingos después de misa, a los partidos del Maracaná, a la plaza Saens Peña a tomar un helado y al cine. La Zona Norte era su dominio. Pero la prosperidad y la adquisición de una tienda grande en el Catete hicieron que la familia se mudara al Flamengo. El ascenso social fue una desdicha para la niña. Célia no se identificaba con aquel paraíso amoral, formaba parte de la clase trabajadora. Cuando terminó la diplomatura de Magisterio, ni siquiera pensó en ampliar estudios en la universidad, despreciaba el orgullo académico. Les gusta restregárselo a los demás como si fuera un trofeo, decía. Célia quería un empleo, un sueldo y la independencia. Estudió mecanografía, y encontró una vacante de becaria en el Departamento de Tráfico. Prosperó en aquel antro burocrático, donde predominaban los chanchullos velados, la compra de acciones, los enchufados, los gestores, el polvo y la falta de aire acondicionado. Trataba con la misma dureza a los ricachones que a la gente corriente. Hacía justicia. No delataba a sus compañeros, detestaba a los chivatos, pero no rapiñaba como otros. En el fondo, nadie vale nada, aseguraba.

Nunca confió en los hombres. Fue educada así. Alta y atlética como era, no tenía más pretendientes porque los muchachos se intimidaban con aquel De Gaulle con falda. Veía en el sexo opuesto a un enemigo potencial, le plantaba cara con altivez, desde lo alto de su fortaleza. Solo podría superarla un santo. Y el santo en cuestión fue Neto.

Célia cruzaba a nado la playa de Copacabana a menudo. Desde la arena, a la altura del Forte, Neto vio surgir a Calipso entre las olas. Era mulata como él, gigantesca, homérica. Quedó prendado en el acto.

El joven enamorado había cursado estudios de Administración. Su padre, funcionario público, lo había educado para ser alguien en la vida. Era buen muchacho y bebía con moderación, tenía buen humor y era un *crack* del fútbol. Álvaro atribuía el exceso de normalidad de Neto a que era mulato. Tenía una teoría fundada. Siempre que una fiesta se animaba demasiado y la policía llamaba a la puerta, invitaban a Neto a subir al coche para llevarlo a comisaría. El racismo velado le hizo llevar una vida intachable. Se casó pronto, tuvo hijos pronto y murió pronto.

Conoció a Ciro y a Álvaro en la universidad: algunas asignaturas de Administración se cruzaban con las de Derecho y Contabilidad. Juntos formaron un grupo de sambajazz, con Neto a la batería y Ciro a la guitarra. Álvaro intentó el pandero, pero desistió y acabó tocando solo las maracas.

La complicidad masculina, las mujeres y la playa los unieron por este orden. La Princesinha do Mar acogía a muchas tribus. Álvaro conocía a Ribeiro de la infancia, los dos solían vivir en la calle Ministro Rocha Azevedo, y eran asiduos del tramo de playa a la altura de la calle Miguel Lemos. Ribeiro frecuentaba la pandilla de la calle Miguel, gente peligrosa que vandalizaba los barrios nobles. Siempre estaba rodeado de muchachas, a diferencia de Álvaro, que ahuyentaba a las mujeres desde que le salió pelo. Sílvio entró en el grupo atraído por los encantos de Ciro, y desvirgó a todos en el uso de las drogas psicotrópicas. Sílvio era un mito entre los jóvenes de la playa. Corría la leyenda de que era el miembro más joven aceptado en el Clube dos Cafajestes[*] y había participado en la mezquindad de colgar a un travesti del pie en la ventana de un décimo piso de un edificio de la calle Barata Ribeiro.

El primer Carnaval de la década de los sesenta marcó un antes y un después en el grupo de los cinco. Sílvio les habló de unos italianos que había conocido en el Itamaraty, que fingían ser gays para debilitar la resistencia de madonas y prima donnas. Llegan relajadas porque se creen que están seguras, pero tras un par de tragos solo hay que abrazarlas, aseguraba. Propuso que recurrieran a sus dotes musicales para fundar un grupo de Carnaval de indecentes travestidos de mujer. La idea fue acogida con un entusiasmo incondicional. Dedicaron todo febrero a confeccionar los disfraces. Ciro, la más guapa de todas, lanzó la minifalda mucho antes que Mary Quant, con botas y peluca con flequillo. Se inventó un tipo de chica sexy-intelectual. Álvaro compuso un ama de casa con pechos como melones, y Neto dejó aflorar la mulata que había en él con un bikini de lentejuelas doradas, cargado de plumas en la cabeza y los hombros. Sílvio encarnó a Carmen Miranda, y Ribeiro rindió homenaje a la Bardot de Norma Bengell. Aquella noche se acostaron con todo cristo. Se hicieron hermanos.

Los amigos de Neto eran su único pecado.

Estaban los cinco repantigados en la arena cuando la diosa emergió entre las olas y avanzó con seguridad hasta

---

* Literalmente, el «club de los canallas». Fue un grupo de jóvenes dados a las juergas y las gamberradas en las décadas de 1940 y 1950 en Río de Janeiro. Sus componentes eran jóvenes gandules y descarados, procedentes de familias de buena posición social, y cuentan que siempre estaban rodeados de mujeres muy hermosas. *(N. de la T.)*

la sombra del toldo vecino. La piel pegada a los músculos, la cadencia de las caderas y la dureza de los muslos arrojaron la flecha al corazón del mancebo. Sus amigos se dieron cuenta y se le echaron encima; Neto hizo un intento de aproximación. Célia fue durísima y rehuyó el trato con él durante meses. No le daba conversación, pero tampoco lo dejaba renunciar. La prueba de amor era el arduo ejercicio de paciencia del candidato. Célia lo torturó con un cortejo de un año y un noviazgo de tres. Era virgen. Los padres de la novia no dieron permiso para celebrar la boda hasta que el novio no fue ascendido en la empresa de material hospitalario donde trabajaba. Neto contuvo con gallardía sus ganas de comerse a Célia viva, de estar con ella a solas, sin la suegra, las sobrinas, los primos y los tíos del barrio de Cascadura. Y sin ropa. Apenas si podía esperar. Durante la ceremonia, estaba tan ansioso, tan agradecido, al fin, de tener derechos sobre su propia mujer, que lloró a moco tendido en el altar. La larga espera influyó en su nulo desempeño durante la noche de bodas. Le bajó la tensión y tuvo que acostarse. Acabó durmiéndose, exhausto como estaba ante la expectativa. A Célia no le molestó dejar lo principal para la mañana siguiente, abrazó el trofeo del marido que había conquistado y tardó en dormirse. Era adulta. Solamente lo iba a ser después de casada. Y ya estaba casada, ya era adulta.

El padre lo pasó mal en la iglesia. Empezó balbuciendo unas palabras inaudibles en la sacristía. Después, con gesticulaciones y aspavientos, empezó a decir:
—Ese canalla…, ese canalla me va a robar a mi hija…
Los familiares intentaron calmarlo, pero el portugués se obcecó, repitiendo que se estaban llevando a su niña. La madre, por miedo a que los celos atávicos del padre comprometieran el desarrollo de la ceremonia, le administró un tranquilizante, le ordenó que se echara agua en la cara,

y regresó a su lugar para disfrutar de su día de gloria. La madre de Célia había nacido en el barrio pobre de Mangueira, se había quedado huérfana de niña y había ayudado a criar a sus hermanos. Jamás imaginó que fuera a dar a su hija una boda como aquella. Hizo enmarcar una foto de los novios y la colgó en el salón, sobre el sofá. Atrás quedaban la pobreza, la miseria, la muerte de sus padres y demás familiares. Ahora tocaba sentarse a esperar a los nietos.

Sin embargo, estos tardarían en llegar. Niño y niña, Murilo y Dalva. Célia elaboró una previsión de gastos, y calculó que solo sería razonable aumentar la familia a partir del tercer año. Todos los meses, separaba una parte de los ingresos para la futura asistenta y, mientras no llegaba la maternidad, gozaba del príncipe consorte.

Fueron muy felices juntos.

Célia soportó las insolencias de los amigos de Neto hasta que nacieron los niños. A partir de entonces, echó a todos fuera de su círculo de confianza. Recelaba mucho de las depravaciones de Sílvio y de la pedofilia de Ribeiro. Su padre murió pidiendo a su hija que no bajara la guardia. Un yerno nunca es familia, insistía. Su madre lo reprendía, defendía la elección de su hija, aunque le parecía bien que no se descuidara.

Las separaciones en serie, la juventud drogada, los hippies con pantalones sucios... Célia detestaba las nuevas modas. Nunca olvidaría el día en que vio a Ney Matogrosso por primera vez en la televisión. Al principio le maravilló aquella cantante peculiar con voz fina, el esplendor de plumas que llevaba sobre los hombros, y la máscara de urubú en la cabeza. Le pareció algo peluda, pero la agudeza de su voz no dejaba lugar a dudas: era una mujer. En un momento determinado de la interpretación, el misterioso pavo real hizo un movimiento más descarado, sacudiendo las caderas para acá, los colgantes para allá... Célia se fijó en que no tenía pechos. ¡Es un hombre!, gritó. ¡Santo Dios! ¡Es un hombre! Sacó a los niños del salón. El mundo se ha vuelto loco, comentó a Neto, y triplicó la vigilancia de los niños.

Fue admiradora del presidente Médici y del general Geisel, comulgaba con su repulsión por los comunistas. Estaba convencida de que pretendían tomar Brasil. Imagínate, tener que compartir mi casa con los demás. Me parece perfecto, pero ¡que compartan la suya! Y daba la espalda al interlocutor, sin dejar hueco a más consideraciones. Sus dos mayores temores eran que Dalva perdiera la virginidad y que Murilo no fuera hombre. La paranoia con las amenazas procedentes del mundo exterior acabó moldeando su fisonomía. Se volvió seria. Una boca tensa le arrugó el rostro, las preocupaciones le ahondaron los surcos de la frente y los pliegues entre las cejas. Célia se afeó. Neto no se dio cuenta. Para él, siempre sería Calipso.

Es cierto que discutieron muchas veces, llegaron a las manos, pero jamás contemplaron la posibilidad de terminar. Célia fue el perro pastor de la familia. Falleció sin disfrutar de la vejez, a los sesenta años, de un accidente vascular cerebral. Habría sido una muerte ejemplar de no haberse producido tan pronto. Dio las buenas noches a su esposo, se fue al dormitorio y jamás volvió a despertar.

La desesperación en el velatorio de su esposa fue un anuncio de lo que estaba por llegar. Neto se contorsionaba de angustia. Se arrodilló en el suelo, intentó arrancarse la ropa, mordió, gritó, golpeó; sus hijos corrieron a abrazarlo. El padre atenuó los gañidos, aplacó la furia, Murilo y Dalva volvieron a los asientos junto a su difunta madre, pero la calma de Neto duró poco. Apenas había recuperado el ritmo la fila de pésame cuando un nuevo arrebato brutal lo invadió. Agarró el cuerpo de Célia, quería sacarlo del féretro, llevárselo a casa, hizo falta ayuda para hacerle soltar a la fallecida. Álvaro y Ribeiro atendieron la petición de Murilo y se lo llevaron a la enfermería. Una vez sedado, participó del cortejo apoyado en aquellos dos amigotes a los que su mujer tanto aborrecía.

Neto jamás se recuperó. Siguió tomando por su cuenta los ansiolíticos que le habían recetado en el hospital São João Batista. Esto no lo aguanto sobrio, decía. Cuando sus hijos ya no lo entendían porque se le trababa la lengua, Murilo lo llevó al psiquiatra. Neto entró en el círculo de prueba y error de los reguladores del humor. Ninguno funcionó satisfactoriamente. El cóctel lo convirtió en un efecto secundario ambulante. Vivía entre la euforia y la depresión, aunque pasaba más tiempo deprimido que eufórico. Murilo probó con la homeopatía, los masajes, la acupuntura, insistió en el psicoanálisis, pero nada desvió la fijación de Neto por Célia.

Era un luto perpetuo.

Neto

* 27 de diciembre de 1929
† 30 de abril de 1992

Célia vio el telediario y se acostó. Es pronto, le dije, pero no se encontraba bien. Vi una película de guerra y me fui a dormir. Al día siguiente, me extrañó que siguiera en la cama cuando me desperté. Célia tenía por costumbre levantarse antes que yo para desayunar. Me duché, me vestí, pero no se había movido. Cuando intenté despertarla noté la rigidez. Célia murió de madrugada, a mi lado; un aneurisma se la llevó sin que yo me diera cuenta. En ese instante, todos los malos momentos desaparecieron, su malhumor, el rechazo a mis amigos, su aversión a la nuera, su insolencia con el yerno, su infelicidad crónica, sus opiniones radicales, sus guantazos. Me invadió un amor incondicional por nosotros, por los años que vivimos juntos. Me quedé paralizado, sentado en la cama, dejando pasar el tiempo revisando nuestra vida, sin tener valor para ser práctico.

Mi hijo se encargó de los trámites, la funeraria, la misa, la capilla; escogió un ataúd bonito, yo no estaba en condiciones de hacer nada. Me senté junto a ella en el velatorio, la gente se me acercaba, pero yo no estaba allí, no estaba en ninguna parte. Solo quería salir de mi piel, salir de mí. Vociferé, grité, blasfemé, pero nada me aliviaba el dolor. No he sido capaz de poner los pies en el suelo hasta hoy, nunca más volveré a estar lúcido. Me niego a pasar por todo aquello otra vez. He perdido la ilusión necesaria para reinventar los días.

Cargaron conmigo en el entierro. Álvaro y Ribeiro me ayudaron. La campana anunció la salida del cortejo y nos arrastramos por el cementerio; qué triste, Dios mío. Al final, abracé a mis hijos, a mis nietos, y me dirigí al piso que compartí con Célia durante más de treinta años. El silencio cortó el aire, corrí a encender el televisor. Murilo pensó que lo mejor sería quedarse a dormir conmigo la primera noche. Fue tan extraño para él como para mí. Al día siguiente le pedí que se fuera. En adelante, tendría que aprender a estar solo, concluí, mirándolo a los ojos, fingiendo haber recuperado la razón.

Hace un año que me esfuerzo, pero todo parece artificial: salir, ir al cine, cenar. Ya no tengo a nadie con quien comentar las noticias, es como si todo lo que sucede no existiera. El sol nace y muere en una sucesión de horas iguales. Célia era el puente, la casa existía gracias a ella. Era paranoica, desconfiada, criticó a Ciro, a Sílvio, a Álvaro y a Ribeiro desde el día en que los conoció. ¿Qué más da? Yo no lo sabía, hasta que vi su cuerpo tendido sobre la cama, yo no sabía que Célia era el puntal, la columna, el pilar de mi vida.

Cierro las ventanas, compruebo si me he dejado la puerta abierta, la nevera, el gas..., soy metódico. Apago las luces y me encierro en la habitación; intento leer, pero no puedo. Siempre me ha gustado leer, pero ya no soy capaz. Me he vuelto indiferente a los dramas ajenos.

¿Cómo es posible seguir adelante sin planes? A los veinte, se liquidan amores, amistades, uno va directo como una flecha afilada; solo más tarde aprendemos que el cariño genuino escasea. No creo en pasiones tardías, ya no se ama después de los cuarenta. Es mentira. A lo sumo, se hace un acuerdo formal, se aparenta que se echa a alguien de menos, se finge aprecio, pero la biología no necesita los arrobos juveniles de un viejo.

Mis amigos jamás entendieron mi compenetración con Célia. Ella tampoco ayudaba, porque los detestaba a todos, sobre todo a Sílvio. El día en que sorprendimos a Suzana fumando marihuana en el jardín de Ciro, Célia tuvo una conversación seria conmigo al llegar a casa. Dijo que no quería que su hijo se relacionara con aquel hatajo de indeseables, que tenía miedo de que Sílvio abusara de él, que conocía millones de casos de acoso por conocidos íntimos. Mencionó el del sobrino de Irene, al que su propio tío inició en el sexo en el garaje de su casa. Pobre madre. Yo reaccioné con vehemencia, diciéndole que Murilo no tenía ni un año de edad y que ningún pedófilo enmascarado de amigo atacaría a nuestro bebé, y mucho menos Álvaro, Ciro, Sílvio o Ribeiro, porque ellos me apreciaban. Ciro pretendía celebrar mi paternidad al organizar la comida, y Ribeiro es un infeliz que vive obsesionado por conquistar muchachitas. Hoy en día, todo el mundo fuma drogas de esas, y lo que no puedes hacer, Célia, es prohibirme que enseñe a Murilo a ser hombre. Corre el riesgo de salir maricón, Célia, si tú, que eres su madre, abrumas al pobre diciéndole que hay un anormal en cada esquina. No pienso apartar al niño de mis amigos para satisfacer la manía persecutoria de una madre primeriza. Célia agachó la cabeza, ofendida. Murilo se echó a berrear y ella, con los ojos anegados en lágrimas, dijo que tenía que ir a darle de mamar. Jamás volvimos a tocar el tema.

Esa era nuestra rutina: riñas, discusiones, resentimientos y reconciliaciones. Me acostumbré a ello, ya no sabía vivir de otro modo. El hecho de discrepar de Célia me mantenía activo. Y sabíamos echar pelillos a la mar, lo cual es fundamental para la buena salud de cualquier matrimonio. Hay que pasar página, olvidar, zanjar, perdonar, pasar por alto. Las mujeres se niegan a entender las cosas, insisten en exponer sus razones estúpidas, quieren cambiar al que tienen al lado, obligarlo a cumplir el papel de príncipe. Los hombres las escuchan, esperando que un día se cansen, mientras repiten una y otra vez los mismos errores. Ellas atacan, insultan, gritan, lloran, pero luego te hacen la cena. Hasta las feministas te la hacen. Y seguimos juntos. ¿Y para qué?, para que un día uno falte y deje al otro aquí, desmoronado en esta cueva.

Estoy sentado en el sillón de la sala de estar. Pensaba irme a la cama, pero he dado media vuelta y me he apoltronado aquí. Mi casa es la misma, no he cambiado los muebles de sitio ni he donado su ropa. Pero me siento diferente. Esta mañana me he despertado temprano, y distinto. Me ha invadido una paz mórbida, una distancia que jamás había sentido. Ha sido cuando he oído su voz. Ya me había pasado una vez, en el recibidor, solo esa vez. Pero hoy ha vuelto. Es más como una respiración, un hálito, su aliento. Ha sido por la mañana, cuando me he acercado a la cómoda para coger el dinero para el pan. Por eso estoy sentado aquí, pensando en esto, en la brisa que me ha atravesado.

Célia era blanca, la consideraban blanca porque tenía rasgos finos, pero en realidad era mulata, como yo, y solía alisarse el pelo, crespo como el mío. Mis cuatro amigos eran blancos. Ellos no sabían el peaje que hay que pagar por ser de color, ni el espanto de no parecerse a ninguno de la pandilla, del edificio del barrio, y parecerse tanto a los asistentes, al barrendero y a los albañiles que sirven a blancos como ellos. Cuando la revolución de las costumbres trajo a la bahía de Guanabara a Ciro, Sílvio y Ribeiro (y a Álvaro, por culpa de Irene, que empezaba a ir a terapia), todos se perdieron en aquel libertinaje desenfrenado. Río Babilonia. La separación se volvió una obligación. Yo veía el desprecio con que me miraban, mientras echaban sus matrimonios a la basura, uno detrás del otro, con una avidez desenfrenada, suicida, solitaria, estéril. Yo no. La liviandad no era lo mío. Yo saqué buenas notas, aprobé los exámenes más difíciles, estudié hasta freírme el cerebro, trabajé como un cabrón y nunca traicioné a Célia. Fui honesto hasta decir basta.

Basta.

Quiero escribir una nota. ¿Dónde está el bolígrafo? En el estante. ¿Y el papel? En el cajón. No hay nada fuera de lugar. Solo yo. Voy a sentarme a escribir. Pero ¿qué quiero escribir? Una nota. Retiro la tapa del Bic, la dejo sobre la hoja en blanco, toco la superficie lisa con la punta del bolígrafo y garabateo algo. «No se lo contéis a nadie.» ¿Por qué escribo esto? Porque es para mis hijos. Doblo el papel, y me lo guardo en el bolsillo. Ahora ya puedo acostarme. Camino por el largo pasillo de puertas cerradas. No me gusta nada este embudo estrecho, me recuerda al ajetreo de otrora, las toallas por el suelo, las bragas colgadas en el grifo y la ausencia de todos, de ella. Giro a la derecha para ir al baño, junto al dormitorio. Cuando nos mudamos a este apartamento, no se decía *suite, hall, office* ni *parking*. Las habitaciones eran amplias y con eso bastaba. La convivencia consistía en soportar los olores de los demás, los vapores, los restos de pelo y los charcos de agua.

El cepillo de dientes de Célia me mira desde el vaso sobre la repisa de loza. Sigue ahí todavía. Abro la puerta con espejo del armario empotrado y la dejo entreabierta. Es el mismo espejo que había el día en que entramos aquí por primera vez. Está resquebrajado. Busco el viejo rostro conocido. Soy yo y no lo soy; tampoco recuerdo cómo solía ser. Abro. Ritalín, Lexapro, Frontal, Valium, Haldol, Seroquel, lo que queda de Pondera del año pasado y Aropax, que el doctor Pericles tiene previsto probar los próximos meses. Las etiquetas me desafían desde el hueco de la pared. Murilo insistió en que me sometiera a tratamiento. Durante un año respondí a los interminables cuestionarios sobre los efectos de las benzodiacepinas en mi organismo. El doctor Pericles quería saber si tenía compulsión, ansiedad, desánimo matinal; en función de las respuestas, modificaba las dosis, lo cual suscitaba nuevas indagaciones. Este me va mejor, este me va peor, respondía yo como un alumno aplicado, hasta que un día, en un arranque de amor propio, me convertí en una cobaya arisca. Decidí no seguir colaborando con los laboratorios, me vengué de forma sistemática, entorpeciendo su valiosa investigación. Proporcionaba datos fraudulentos, decía que tenía mareos, dolores en el pecho que no existían. Me comportaba como un ratón anárquico, peligroso, que planeaba destruir la megalomanía científica de los reguladores del ánimo, frustrar el delirio de aquellos que pretendían controlar mi desesperación. Tuve una mejora considerable en ese periodo, disfrutaba con la cara de sorpresa del médico ante el cuadro que le describía. Saltaba a la vista que Péricles parecía desconcertado. Pero lo estaba incluso antes, cuando aún no fingía los síntomas. Un médico debería ser capaz de detectar una pancreatitis fingida, pero el loco de Péricles seguía al pie de la letra las estadísticas estadounidenses, las tablas de conducta de la Pfizer, de la Roche, sin reparar en que yo hacía lo que el hombre hace desde que tiene uso de razón: mentir y divertirme. Y para esto no hay ningún remedio. Llegó a darme pena. Yo le estaba agradecido. Péricles fue quien le quitó de la cabeza a Murilo la idea de recurrir al psicoanálisis. Llegué a asistir a algunas sesiones, pero no pasé del primer mes. El psicoanalista era un pesado de Laranjeiras que cobraba una fortuna por quedarse callado, mientras yo, de espaldas a él, daba vueltas a mis neurosis sin cortapisas. Era una escenificación ridícula. ¿Quién inventó esa mierda? Las frustraciones no deben removerse, y Célia y yo somos el mejor ejemplo de ello.

La satisfacción de minar las convicciones de Péricles ha perdido la gracia últimamente, desde hace dos consultas. Me dio la receta, pasé por la farmacia y me llevé el cargamento de medicamentos a casa. Los guardé sellados en ese armario malicioso del baño. He renunciado a tomarlos. Hace tres semanas que mis humores corren libres. Y me están cuidando.

Cojo todos los medicamentos sujetos a prescripción médica y me los meto en el bolsillo, lleno el vaso con agua del grifo. ¿Para qué voy a filtrarla? Me dirijo al dormitorio. Me asomo al salón, está a oscuras, todas las luces apagadas. Entro en la puerta de la derecha, al fondo del pasillo, enciendo la luz, la guía que ilumina el pasaje. Cierro la puerta con llave por simple costumbre, así nadie entrará por sorpresa; me siento en la cama y dejo los medicamentos y el vaso sobre la mesilla de noche. Me quito la americana, la camisa, el pantalón, lo doblo todo y lo cuelgo sobre el galán de noche. Me vuelvo a sentar.

El dependiente de la farmacia Droga Raia me explicó que la diferencia entre los medicamentos que pueden crear dependencia y los medicamentos que pueden provocar efectos secundarios graves consiste en que, si te tomas una caja entera de los primeros, la diñas; si te tomas una de los segundos, no. Me lo soltó así, y se rio, mientras colocaba las tres cajitas en la cesta. ¿Dónde está la gracia?, pensé.

¿Dónde está la gracia?

De repente, el aire pesaba. Noté que no estaba solo. Había alguien más aparte de mí en aquella cama. Podía oír su respiración. No tuve valor para volverme a mirar quién era. Pasé los dedos sobre las sábanas, palpé a ciegas, hasta que una mano conocida tocó la mía.

¿No vienes a acostarte? La voz resonó clara en el cuarto vacío. Tardé en responder por temor a que la ilusión se deshiciera. Ya voy. ¿Qué hora es? Es tarde, dije. ¿No vienes a acostarte? Cerré los ojos y me incliné muy despacio, apretando bien su mano para que no me soltara. De cara al techo, sin valor para moverme, noté el bulto de un cuerpo acercándose al mío. El suyo. Me había parecido que ya era de día, comentó. No, todavía está oscuro, has dormido profundamente. Nos quedamos abrazados, quietos. ¿Ha ocurrido algo? No puedo dormir. ¿Es el trabajo? No, Célia, no tiene nada que ver con el trabajo. Soy yo mismo.

Cerré aún más los ojos y la aparté de mí. Le toqué el pelo, el cuello, la cintura, la barriga, las caderas, deseaba mucho que fuera verdad. Temeroso, parpadeé: la claridad me invadió la retina e imprimió el rostro de Célia. Tenía un aspecto indefinido. No era joven, pero tampoco tenía las arrugas que el malhumor había hendido en su rostro durante los últimos años. Era una mujer guapa. Una mujer. Mi mujer. ¿Qué te pasa?, me preguntó, esbozando una leve sonrisa. Nada, respondí.

Siempre envidié la pasión de Ciro por Ruth. Al día siguiente de la fiesta de Juliano, apareció por la playa y me llamó para que nos diéramos un baño, estaba guapo como nunca. Cuando pasamos el rompiente, Ciro confesó que se había enamorado de la cantante de la noche anterior. Se llamaba Ruth. Habían pasado la noche juntos, y la flecha de Cupido lo había alcanzado. Yo creía que eso no existía, Neto, ¿sabes de qué hablo? No, no lo sé. El amor es mucho más violento de lo que imaginaba. Follar con esa intensidad, entrar en una mujer que te pertenece, que es tuya por destino, por derecho, que lo ha sido en vidas pasadas, yo qué sé... No esperaba que me llegara a ocurrir, creía que era una invención. Yo ya no puedo vivir sin ella, Neto. Me quiero casar, tener hijos, follar, morir, matar por ella. Sentí lástima de mí mismo. Las olas crecieron a nuestras espaldas, y Neto surcó una con el pecho, la más grande, hasta la arena, soltando un grito de Tarzán.

Y es que a Ruth y a Ciro los rodeaba un aura. A Célia y a mí no nos pasaba. Célia me gustaba, claro, pero no de aquella manera. Ruth y Ciro se extinguieron en un incendio, se transformaron en uña y carne del otro, y piel, y hueso; pero Ciro, pese a amar a Ruth con locura, seguía en busca de ese fuego poético, romántico, aquella ansia amorosa que me reveló en la playa en el preludio de su vida en pareja. Ciro reñía con Ruth y luego volvía, solo para crear la expectativa de que Ruth lo abandonaría. Pero él sabía que ella era incapaz de hacerlo. Y él necesitaba que ella lo hiciera para conquistarla otra vez, para follarse a su mujer como si fuera la primera vez. Ruth nunca lo entendió, sufría, esclavizada por el erotismo de su esposo. La pasión es una dolencia grave. Ciro necesitaba que ella fuera más fuerte que él, pero ella se marchitó como la más común de las mujeres. Él se desesperó de tal forma que acabó saliendo por la puerta de casa, dispuesto a seducir a cualquiera. La gran tragedia era que ninguna de ellas era Ruth, la del principio, la que aún no le pertenecía, aunque ya le perteneciera. La moderación de mi matrimonio siempre fue frustrante, pero ahora, al mirar a Célia tumbada a mi lado, me invade el mismo ardor que Ciro sentía por Ruth. La emoción de pertenecer a alguien. Mi descubrimiento no sobrevino de pronto en los albores de mi vida, sino ahora, tras la muerte de Célia. Ahora, tumbado en nuestra cama de caoba, entiendo lo que Ciro quiso decir aquella tarde en la playa.

¿No vas a dormir?, insiste Célia. No sé. ¿Por qué no te tomas una pastilla? Enmudecí pensando en la posibilidad. ¿Tú sueñas, Célia? No. ¿Y no echas de menos soñar? No. ¿Y tú, sueñas? A veces, contigo. Tómate la pastilla, te sentará bien. ¿Quieres que te la vaya a buscar yo?, se ofreció. Sí, le dije.

Célia se levantó del mismo modo que siempre. Fuera amanecía. Se puso las zapatillas, rodeó la alfombra, escogió una de las cajas de la mesilla de noche y se sentó a mi lado. ¿Cuántas te tienes que tomar? No lo sé, ¿cuántas crees que debo tomarme? ¿Has leído el prospecto? Célia desdobló la hoja, cogió mis gafas para poder leer las letras minúsculas. ¿Quién te ha recetado esto? El doctor Péricles, el psiquiatra. ¿Has leído los efectos secundarios? Sí, dan miedo. Estreñimiento, sudoración, pánico, reacciones alérgicas, disfunción hepática... ¿Quién te ha llevado a ese médico? Murilo. Ah..., ¿está bien? Sí, está bien. Hemos criado un hijo como Dios manda. Dos: él y Dalva. Célia sonrió con satisfacción. ¿Cuántas quieres tomarte? No sé, solo quiero dormir, solo dormir. ¿Un frasco entero? Creo que sí, y, si no resulta, me tomo otro. Hay agua en el vaso. Más vale dejar la nota a la vista, me sugirió. Está en la americana. Célia fue hasta el galán de noche, sacó el folio doblado del bolsillo y dudó sobre dónde dejarlo. ¿Te parece mala idea dejar la nota en la chaqueta? Me preocupa que no la vean. ¿Y en el cabecero? Quita el vaso para no mojar el papel.

Célia vacía la mitad del contenido del frasco en la palma de mi mano, y espera con la tapa abierta. Engullo la primera toma de comprimidos. Una más y se acaba. Me da el resto, y me los trago apurando el vaso de agua; me acuesto a esperar. Célia me cubre hasta el cuello, me da un beso y vuelve a su lado de la cama. Me quedo mirando el techo.

Me domina un sopor, me duermo, me despierto, vuelvo a dormirme, no sé cuánto tiempo me someto a ese vaivén. De súbito, una punzada en la barriga me saca del trance. El estómago se me revuelve, el intestino me retuerce, el corazón se me acelera, los cólicos anuncian el horror. Sudor frío, calambres, vómito incontrolable. Me levanto deprisa y me arrastro hasta el retrete. Vomito a cuatro patas y me siento en el suelo frío para respirar. Más náuseas. ¿O no? Me apoyo en las paredes para levantarme, hago gárgaras con un poco de pasta de dientes e intento volver al dormitorio. Me paro en la puerta: otra arcada me clava en el suelo. Y otra, y otra. Bilis. Ya no me queda nada en el estómago. Me pongo recto, respiro, me tranquilizo. Entro en el dormitorio. Veo la cama vacía. Célia debería estar allí. Pero ya no está. La llamo por su nombre, pero nadie responde. Remuevo las sábanas, abro y cierro el armario empotrado, miro debajo de la cama. Se ha ido. Me olvido del malestar, de la acidez, de la quemazón, y salgo al pasillo. Abro de par en par las puertas cerradas del cuarto de Murilo, del cuarto de Dalva, del despacho, entro en la cocina, en el lavadero, remuevo el comedor de arriba abajo, sin señales de Célia. Me dejo caer en el sillón.

Por otro lado, noto cómo brota en mí un rencor insidioso, un impulso agresivo; es pequeño, pero lo suficientemente definido como para sentirlo hasta alcanzar a la razón. Su odio, su sadismo al dejarme solo antes de terminar lo que he venido a hacer. Desvanécete, hija de puta, desaparece. Treinta años de desavenencias y, ahora, la estocada final. Te quise mucho, Célia, después de que te fueras, te quise como jamás pensé que podía querer a nadie. Creía que lo habías entendido allí, en la cama, en la forma en que te he mirado, te he abrazado y he celebrado tu presencia. ¿Te estás vengando? ¿Es eso? ¿Treinta años aguantando tu ceño fruncido para verte desaparecer otra vez? Buen intento, Célia, buen intento.

Ni siquiera me diste el gusto de dejarte. Ni eso. El día en que llegué de madrugada borracho, después de la despedida de Sílvio, entonces, ese día, tendría que haberte abandonado. Nunca te conté lo que ocurrió durante las doce horas previas a aquella mañana, y tú tampoco quisiste saberlo. Aquella noche me olvidé de ti, Célia, me tomé todo lo que Sílvio me dio, bebí todo lo que pude, bailé, canté, abracé a mis amigos maleducados, fui suyo, solo suyo. Me llevé a una rubita al lavabo y, cuando me metió la mano en la bragueta, se quedó impresionada con lo que se encontró. Tendrías que haber visto su alegría, el valor que le dio. Tú jamás hiciste ningún comentario, ni siquiera en nuestras fantasías, nunca me piropeaste como hizo esa rubia. Yo no soy un hombre cualquiera, Célia, lo sabes muy bien. ¿Cómo es posible no estar agradecida? Ve y pregúntale a Irene cómo es eso de convivir con un tipo al que no se le empina. Fingiste toda tu vida que aquello no era importante. Lo disimulaste tanto que se me acabó olvidando. Pero en aquel fiestón del Leme que Sílvio escogió para despedirse de nosotros, con la rubita de rodillas, entregada, incrédula con la boca metida en mi bragueta, recordé lo que tenía entre las piernas. Me quité la ropa y salí a bailar al salón. Quería exhibirlo al mundo. Me sacaron a patadas. En la calle aún me resistía, y todavía me tomé la última pastilla que Sílvio me dio. Cuando todos se animaron a terminar la noche en su piso de la Glória, me di cuenta de que jamás sería uno de ellos. Sentí vergüenza de lo que acababa de hacer. Quise volver a casa, dormir, desconectar. El resto de mi vida, vosotros, el hogar, el despacho, los contratos, todo era incompatible con la juerga, las rameras y esos cuatro amigotes que tan bien me caían. Yo carecía del valor que tenían ellos. Regresé a casa, Célia, y me pegaste con la mano cerrada, me pegaste en la cara, en la espalda. Yo me dejé. Esa noche debería haber desaparecido para siempre, pero solo llegué al ascensor. Necesitaba dormir. Y no volví a casa porque te quisiera, Célia, volví porque no podía ser como los míos. Por más que lo deseara, o lo intentara, nunca sería uno de ellos.

He pasado el último año creyendo que sufría de amor, pero era rabia. No te perdono tu mezquindad. Fui un marido extraordinario, paciente, buen padre. ¿Qué más querías? Tu acritud se llama vanidad, Célia. Yo soy mejor que tú. Más humano, sin duda. Yo te habría dejado en paz, no me habría pasado un año rondando por tu cabeza, incordiándote, no vendría a ayudarte a practicar la eutanasia. Te vas a joder, Célia. Saca tus cosas de aquí, desaparece y no me busques más. Abordo el armario empotrado, agarro de un zarpazo su ropa de dentro y la tiro por el hueco del lavadero, vuelvo al baño, arrojo el cepillo de dientes al retrete, intento tirar de la cadena. Remuevo los trastos, rompo las fotos, doy patadas a las cajas, lanzo lejos los zapatos. Otra punzada, el recuerdo del dolor me hace encorvarme. Regurgito píldoras. Vomito en el cuarto de la asistenta. Me arrastro hasta la cama y descanso la cabeza sobre la almohada. Ya no me muevo de aquí.

La ira. Por fin la ira. He pasado los últimos meses tratando de olvidar cómo odiaba a Célia. Una lástima que justo ahora me apetezca seguir la vida sin ella. No va a ser posible. Me habría venido bien. Qué estupidez he hecho. El sopor domina las extremidades, nada se mueve, ni siquiera tengo reflejos. Solo me quedan la cabeza pensante, los ojos empañados y la boca amarga y seca.

Al fin solo.

EL PADRE GRAÇA se despertó de madrugada. Rezó, realizó el aseo matutino, comió algo frugal, como de costumbre, y colocó los objetos litúrgicos en el maletín. El cementerio São João Batista lo esperaba.

Acababa de asumir el puesto de capellán del cementerio más tradicional de Río de Janeiro. Sabía que era pecado, pero no cabía en sí de satisfacción. Sin desmerecer al Bautista, se identificaba más con san Pedro, el guardián de la eterna morada. El padre Graça abría las puertas en la Tierra para que el santo terminara el servicio en el Cielo. Antes de iniciar la liturgia, solía pasear por las alamedas, admirando los mausoleos recargados y las placas que rendían homenaje a los difuntos. De vez en cuando cambiaba las flores muertas. De regreso a la capilla, después de orar en la parcela de las Hijas de la Caridad de San Vicente de Paúl, visitaba a Carmen Miranda, al músico Villa-Lobos y al político Prestes. Le conmovió descubrir allí a Bento Ribeiro y a Ary Barroso. Vivía en el paraíso.

En la recepción le informaron de que casi no había encargos. Por la mañana, un hombre joven, víctima de un tumor maligno, y por la tarde, un señor mayor. Se arregló y subió la escalera hacia el *carpe diem*. Pretendía aprovechar la poca actividad que había para esmerarse en las plegarias. En el pasillo se cruzó con los encargados de la funeraria: acababan de dejar al difunto en la capilla 10. El padre Graça miró por la puerta entreabierta: no quería entrometerse en un momento inoportuno. Tres hombres se ocupaban de decorar la sala. El más alto estiraba el fruncido de encaje del estrado, mientras el calvo y el moreno discutían sobre cuál era la mejor posición para las dos coronas detrás del féretro. En una de ellas se leía la inscripción: «Te echaré de menos, João». En la otra: «Amigos para siempre, Álvaro, Neto y Ribeiro». La corona era suya, de los tres. Cuando quedaron satisfechos con el ángulo del adorno, contemplaron la composición fúnebre. Estaban tristes.

Viendo que era el momento propicio, el padre Graça se presentó y les pidió detalles sobre Ciro. La ceremonia exigía un resumen de la vida del fallecido, y el párroco quería preparar algo especial para la ocasión. Le dieron una descripción básica: el lugar de nacimiento, la edad, el estado civil, la profesión, el nombre de su hijo, João, y por último la enfermedad. No resistió ni seis meses, informó Neto, sin poder contener la emoción. No pudieron seguir. El padre Graça intentó obtener más datos, formuló frases, proporcionó alguna sugerencia. ¿Era un buen amigo? Los tres coincidieron en que lo era, Ciro era un gran amigo. ¿Un buen padre? Sí, un buen padre, aseguraron. Pero ninguna definición le hacía justicia.

Ciro era la lujuria, la belleza, lo irracional, era el amor virginal, la adolescencia, el macho por excelencia. Aquella serie de alabanzas no les curaría la nostalgia de las borracheras juntos, las juergas en la calle, la atracción por las mujeres que él se había tirado. Ciro, padre Graça, era el amante latino, el campeón de boxeo, el Orfeo del Carnaval, el fauno, Cupido en persona. Ciro era un dios para los tres. Un dios de gran belleza, con sus defectos, pues era mortal. Sin nada más que añadir, bajaron la vista y se consolaron entre ellos. ¿Alguno de ustedes desea participar en la homilía?, preguntó Graça a sus lacónicas ovejas. La negativa fue unánime. Reaccionaron al unísono, callaron a la vez, impelidos por una telepatía sobrenatural.

Si Sílvio estuviera aquí..., murmuró Álvaro con timidez. El padre tuvo la impresión de que se reían. En efecto, se estaban riendo. Si el embajador estuviera aquí, pensaban, sin valor para confesárselo al párroco, él daría el discurso de despedida. Con la habitual frialdad y aristocracia del Itamaraty, Sílvio desafiaría la moral vigente, escandalizaría a los parientes próximos, y haría sonrojar a las infinitas amantes que, de hecho, asistirían al oficio fúnebre. Destacaría la evidente ausencia de Ruth, narraría la pasión y la maldición del matrimonio. Condenaría la monogamia. Citaría, una por una, las conquistas de los guerreros y confesaría la atracción carnal que había sentido por su amigo. Dirigiéndose a Álvaro, Neto y Ribeiro, profesaría el fin de aquella unión y concluiría proponiendo una bacanal en la Glória, en memoria del ausente. Entonces, apesadumbrados, se dieron cuenta de que no podían contar con la elocuencia de Sílvio. Conociéndolo, a esas alturas el calvo rubio ya estaría camino de Bolivia, a caballo, escoltado por las mercenarias de Rio Grande do Sul, mascando coca y practicando el kama-sutra con las cholas del Imperio inca.

En caso de que cambien de idea, insistió el padre, búsquenme para concretar una hora. Y se retiró, concentrado en sus anotaciones, ensayando en voz baja el sermón que daría. El padre Graça tenía la convicción de que media docena de frases escogidas al azar aliviarían el corazón de los apenados por la muerte del difunto. En vista de la poca ayuda que le habían aportado aquellos tres, comprendió que «padre dedicado», «marido ejemplar» y «compañero fiel» no servirían de modelo para Ciro. Prefirió ceñirse a la muerte prematura. Le pareció más indicado hablar de la resignación y la aceptación de lo que parece injusto.

***

—Meditemos sobre la eternidad, y procedamos a tomar conciencia de aquello que Dios ha puesto en nuestras manos. Hagamos lo que está bien y es correcto.

Terminó con un pasaje imbuido de fe. Era creyente. Siendo aún novicio, había ayudado en una misa celebrada por el Santo Padre durante la visita de Juan Pablo II a Brasil. Fue entonces cuando confirmó su vocación. Diez años después, el padre Graça vivía el apogeo de su entusiasmo católico, a punto de sufrir delirios propios de santa Teresinha cuando se encerraba solo, de noche, en el claustro de un monasterio del centro. Su arrobamiento le impidió percatarse de la falta de atención de los oyentes. A excepción de Célia, y alguna que otra señora mayor, el cadáver estaba rodeado de un grupo de ateos practicantes. Gente que, en la desesperación del ahora, había perdido la noción del bien, de lo bueno y lo recto.

Álvaro se vengaba de Irene al ver que estaba acabada, despreciada por el galán del club de remo. Neto y su mujer llegaron reñidos. Ella había desdeñado a Ciro justo antes de salir, y Neto le había respondido con un bofetón. Ribeiro maldecía al difunto por haber arruinado la vida de Ruth. João prefirió sentarse lejos del cuerpo de su padre; Raquel, de haber podido, habría escupido sobre su excuñado por permitir que su sobrino viviera a remolque del amor egoísta que él y la loca de su hermana alimentaban el uno por el otro. Nadie pensaba en Jesucristo, y mucho menos en la eternidad. Cinira, la gordita del despacho, se lamentaba de que se hubieran acabado las risas con su jefe en las pausas para el café. Lílian enterraba el dolor del desprecio de Ciro después de un domingo de sexo, y Milena cojeaba con el apoyo de un bastón, el resultado de unos disparos de su ex.

Una colección admirable de adúlteras llenaba la sesión con escotes, medias de seda y tacones de aguja. Martas, Clarices y Gogoyas exhibían una mirada púdica, asediadas por recuerdos pecaminosos. Dios no estaba presente, pero el padre Graça no se dio cuenta de ello.

Ante la ausencia de Ruth, Álvaro, Neto y Ribeiro recibieron en persona los pésames de la gente del voleibol, de la facultad, de la playa, de los compañeros del despacho, de los antiguos clientes y del mujerío afligido que no dejaba de entrar por la puerta. Los entierros de mediana edad son los más concurridos.

En medio de tantas viudas, la muerte entró sin que nadie lo notara. En el momento de la meditación, cuando el sacerdote pidió un minuto de silencio para que todos reflexionaran sobre la rectitud, una morena de piel blanca, no muy alta, se abrió paso entre los concurrentes y no se tranquilizó hasta que se inclinó sobre Ciro. Álvaro, Neto y Ribeiro siguieron con la vista la aparición. Y pensaron que a aquella no la conocían. Llevaba un vestido negro de terciopelo brillante, ceñido en la cintura, que resaltaba unas caderas amplias y generosas. Miraba al muerto con un amor indecente, supremo, consumado. Era una visión irresistible. Y, por última vez, sintieron envidia del conquistador.

La enfermera apenas reconoció el rostro de la víctima a la luz de la capilla, lejos del hospital, la habitación y los catéteres. Está más guapo aquí que en la cama, pensó. Tenía pasión por los hombres con traje. El cadáver de Ciro no era la excepción. Los tres amigos se mantuvieron atentos. Ella reparó en la presencia masiva de mujeres vestidas de luto. Se comparó con todas. Ninguna había sido tan importante. Ella era la viuda. Escrutó el resto del recinto, hasta dar con Álvaro, Neto y Ribeiro, que la miraban fijamente desde la otra punta del féretro. El padre Graça empezó con el padrenuestro, pero ninguno de los presentes le prestó atención. La muerte admiró la elegancia del trío, el nudo esmerado de las corbatas. ¿Serían sus hermanos? No, eran demasiado distintos para haber salido del mismo útero.

Tuvo el impulso de acercarse a ellos. Y de matarlos, a su debida hora. ¿Y qué haría? Se había levantado dadivosa. Si pudiera escoger, se encargaría de Neto primero, y después de los demás. Lo imaginó acostado, recibiendo la extremaunción. Neto se sonrojó ante la mirada perversa de la misteriosa figura, y sus dos acompañantes lo notaron. Célia también lo notó. No le había quitado los ojos de encima a su marido, convencida de que los cinco compartían historias furtivas. La insinuación de aquella mujer le costó a Neto un bofetón de su esposa, pero, ahora, la hermosa viuda que se le ofrecía le brindaba un motivo para sacar a su marido de allí. Célia fue derecha hacia Neto, enlazó su brazo con el de él y, con un gesto brusco, miró con desafío a la rival. La diosa sintió desdén por los celos burdos de aquella mujer suspicaz. Rezó para que Célia tropezara ante todos los presentes. Coincidencia o no, Neto perdería a su esposa el año siguiente, y él mismo moriría un año después.

—Amén —dijo el padre, y pidió al cortejo fúnebre que avanzara.

Álvaro, Neto y Ribeiro se repartieron las asas con los compañeros del despacho. La amante a quien nadie conocía insistió en encabezar el séquito. El ángel exterminador, la Victoria de Samotracia, desplegando las alas negras de la procesión.

El cortejo se congregó en torno a un sepulcro sobre una pendiente, al fondo del terreno, desde donde se veía el mar de tumbas del cementerio. Ciro fue depositado junto a la sepultura.

El padre Graça cogió la pala llena de tierra y prosiguió con las duras palabras:

—Separa de este mundo el alma de este hermano. Entregamos su cuerpo a la tierra. Tierra a la tierra, cenizas a las cenizas, polvo al polvo. El alma pertenece a Dios. He aquí el punto final de una vida. En el sepulcro no hay obras, ni conocimiento, ni sabiduría, y a él llegaremos tarde o temprano.

***

¿Cuándo?, le faltó decir. ¿Qué importa el marasmo eterno? Todos los presentes habrían intercambiado mil años de la paz del Señor por cinco minutos más de tortura terrenal. Con la muerte de Ciro, Álvaro, Neto y Ribeiro comprendieron que podía ocurrirles a ellos en cualquier momento. Hacían cuentas, calculaban la distancia que los separaba del fin. Aún faltaban unos años para que el padre Graça exteriorizara su rebelión por la indiferencia celestial.

—¿Quién será el próximo? —gritaría en el velatorio de Álvaro, veinticuatro años después, para indignación de Irene, que no recordaba que aquel idiota había oficiado el entierro de Ciro.

Álvaro, Neto y Ribeiro observaron el descenso, mientras la finitud de Ciro acechaba, amenazadora, sobre la conciencia de los tres amigos. ¿Quién será el próximo? El simple hecho de no querer lo peor para sí mismos implicaba desear lo peor para los otros dos. Evitaban mirarse. Salieron en fila con el resto del grupo, cruzaron la verja y se despidieron de los conocidos. Irene no se dirigió a Álvaro, y Célia fue a buscar el coche al aparcamiento. Quedaban ellos tres.

Ninguno había visitado al difunto durante las semanas que precedieron a su muerte. Yo estaba seguro de que Ciro iba a salir de esta, confesó Neto cuando llamó a Álvaro y Ribeiro para darles la noticia. Pese a no ir a visitarlo, Neto mantenía el contacto con la enfermera jefe y estaba al corriente del empeoramiento de su estado. Álvaro y Ribeiro se quedaron mudos al teléfono. Neto les propuso que ellos tres se encargaran del entierro. Es lo mínimo que podemos hacer, dijo. Se martirizaba por su cobardía, por no haber soportado convivir con la caída de Ciro. Llegaba del hospital con ataques de pánico, mareos, temblores, hasta que su mujer lo convenció de que se alejara de allí. Si Neto sentía culpa, Álvaro era un pozo de arrepentimientos. Recordaba insistentemente la frialdad de la última comida juntos, en el Lucas, y la promesa no cumplida de ir a verlo al hospital. Sintió repulsión de sí mismo. Ribeiro fue el último en renunciar. Estuvo visitando a Ciro hasta que empezaron a sedarlo. En un par de ocasiones se quedó más de una hora en la habitación, escuchando la respiración acompasada y los bips de los aparatos. Le pareció inútil insistir, prefirió reflexionar al aire libre sobre la tragedia de su amigo, contemplando el mar y el vuelo de las gaviotas.

Se abrazaron, avergonzados. Habían traicionado a un compañero. Y ahora intentaban redimirse, ocupándose de sus restos. Se encontrarían una semana después, en la misa del séptimo día, pero ya no quedaba señal de la antigua intimidad.

Había acabado allí.

Neto caería en una depresión al año siguiente, al no soportar la ausencia de su esposa. Álvaro y Ribero aún intentarían ir juntos al cine con resultados patéticos. En el velatorio de Neto, intercambiarían saludos formales. Una competición velada, iniciada con la despedida de Ciro y agravada con la partida de Neto, los había situado en extremos opuestos. La simple existencia de uno era una amenaza para la supervivencia del otro. Álvaro estaba convencido de que él se iría primero, y Ribeiro no tenía ninguna duda de que así sería. La superioridad física de este le daba ventaja, y además demostraba una arrogancia que jamás había tenido. Ambos erraron la previsión. Décadas después, al cruzarse en la calle Francisco Sá, habiendo olvidado ya la antigua rivalidad, pensaron que podían recuperar la amistad, pero Ribeiro moriría de un infarto al día siguiente.

Los tres se despidieron con un abrazo avergonzado y se alejaron cabizbajos. Neto hizo una señal a un taxi, pero luego prefirió no cogerlo. Álvaro y Ribeiro se pararon a mirar cómo la dama de negro salía del cementerio. La habían olvidado. Ella se había quedado un rato más que el resto para velar a solas el cadáver. La aparición giró a la derecha, hacia el centro, caminando a paso firme bajo la luz intermitente del enrejado.

***

La diva prosiguió en línea recta hasta la calle Venceslau Brás, cruzando el paso de cebra frente al Instituto Philippe Pinel. Cuando le llegó el olor a mar, vaciló entre dirigirse hacia el Aterro do Flamengo o hacia el barrio de Urca. Prefirió este último, se sentía liviana, quería volar. Subió al teleférico y contempló la ciudad desde lo alto, el zigzag de los coches, el hormigueo de transeúntes, y los aviones que despegaban hacia São Paulo. Jamás volvería a producirse ninguna muerte sin su consentimiento. La barca solar se ocultó detrás del Cristo Redentor, llevándose el alma de Ciro al submundo de Apofis. Maria Clara esperó a que el astro completara el arco celeste. Le correspondía a ella.

Ciro

* 2 de febrero de 1940
† 4 de agosto de 1990

Júlio me ofreció la silla y me pidió calma para escuchar lo que tenía que decirme. Me quedé quieto, mientras él colocaba las radiografías a contraluz. ¿Ves esto? ¿Esta mancha entre el hígado y el intestino? Asentí con la cabeza. No podemos saber si es benigno o maligno, pero no tiene buen aspecto. ¿Ves el borde estrellado? Vamos a tener que operar, Ciro. Cuanto antes. Ya he hablado con Cézar Fialho: tiene mucha experiencia en este tipo de cirugía. Su equipo está disponible mañana por la mañana. ¿Mañana? Sí, Ciro, mañana. Tenemos que sacarte eso de dentro lo antes posible. ¿Y luego?, pregunté. Luego vienen la quimio y la radio, será largo, Ciro, pero eso vendrá luego, primero tienes que pasar por cirugía. ¿Es arriesgado? Sí, es arriesgado. Vamos a extirpar un área grande para asegurarnos. ¿Cuánto tiempo me queda? No pensemos en eso ahora, me respondió.

Salí de la consulta y caminé durante una buena hora sin rumbo, mis pies apenas si tocaban el suelo. Sería la última vez que pasaría por Copacabana. El músculo de Maciste en el rótulo de neón del gimnasio, el cine Roxy, el Hotel Lido, el Copa y el paseo marítimo. No recuerdo cómo llegué a casa. El periódico de la mañana aún estaba sobre la cama, la toalla mojada, lo que quedaba del desayuno, los restos de una vida que ya no era la mía. Organicé el desorden y fregué la vajilla como si limpiara los vestigios del antiguo inquilino. Preparé una maleta pequeña para el hospital, fui hasta la ventana, encendí un cigarrillo y me incliné para ver la franja de mar. Tendría que ir a darme un chapuzón, pensé, el último. Pero no tuve ánimo, ya nunca más. Nunca más el mar. ¿Cuándo fue la última vez? En la playa del Arpoador, el jueves pasado, antes de que el dolor persistente me empujara a ese rosario de visitas médicas y exámenes clínicos. El agua helada, el cielo azul, el sol caliente, el último sol.

Júlio me explicó que no podía estar solo, que alguien tenía que acompañarme al hospital. Mi hijo es pequeño, mi padre ha fallecido y mi madre es demasiado frágil para afrontar la noticia; no tengo hermanos. Pensé en Álvaro. Él vivía deprimido, tal vez le hiciera bien saber que yo me encontraba en una situación peor. Quedé con él para un café. Insistí en que tenía que ser a la hora de comer, tengo algo que contarte. Arrepentido, colgué. Álvaro era un hombre egoísta como nadie, mezquino, medroso, jamás haría nada por mí, y mucho menos dormir en un sofá, apretado, al lado de un enfermo terminal. Necesitaba a Ruth.

No sé por qué hice lo que hice. Fue el instinto, la polla, la cabeza, la cabeza de la polla... No sé. Pero en el momento en que Júlio pronunció la sentencia, entendí que había empezado a morir mucho antes, en la fiesta del primo de Irene, cuando crucé la mirada con Ruth, y la tempestad nos engulló.

Marqué el antiguo número, la secuencia que me sabía de memoria. Hacía cuatro años que no me atrevía a marcarlo. Contestó Raquel. Colgué. Salía para encontrarme con Álvaro. El Lucas estaba vacío, ya casi había pasado la hora de comer. Me senté a la mesa pegada a la cristalera y esperé. Aproveché para despedirme de la playa y del olor a mar. Mi última visión del mar. Álvaro llegó enseguida, no tenía mucho tiempo, era marzo, el mes que tocaba declarar la renta. Me contó que se había dejado una pila de declaraciones esperándole en el despacho y se quejó del sueldo ajustado que le pagaban. De mí depende tanta gente, argumentó, que deberían pagarme mejor; ¿qué te apuestas a que un día me vengo de ellos? Soltó una carcajada superficial. Me acordé del formulario de la declaración. Con la noticia, había quedado olvidado en algún cajón. ¿Y si salía vivo de la operación?, pensé. Hacienda me pillará. Es mejor morir en el hospital. Para entablar conversación saqué el tema del fisco, que era la única realidad que le importaba:

—Este año no me dará tiempo a hacer la declaración.

Me miró con espanto, como si el impuesto sobre la renta formara parte de algo sagrado. Me he liado en el último mes. Es que lo dejáis para última hora, me interrumpió, prosaico como siempre. ¿Quieres que te eche una mano? ¿Por eso me has llamado? No, Álvaro. No voy a declarar mis ingresos porque no sé si estaré aquí mañana. Me miró, confuso. Me han encontrado un tumor, van a abrirme con el bisturí para arrancarme el cáncer. Me internan hoy y no tengo a nadie con quien ir.

No supe cómo proseguir, cómo preguntarle si vendría conmigo. El pánico de Álvaro fue casi obsceno. Se apartó de la mesa como si temiera contagiarse. El cáncer no se pega, hijo de puta. Luego miró a ambos lados, quería huir de allí, era incapaz de disimular; apenas disfrazó su incomodidad. ¿Y no es preferible pedir una segunda opinión? Ya no hay tiempo, Álvaro. He venido a despedirme, mentí. No se lo he contado a nadie, eres el primero. No dio ninguna muestra de sentirse halagado: prefería no saberlo. ¿Y te han dicho el motivo? ¿El tabaco, el alcohol, antecedentes familiares?, insistió, midiendo su propio riesgo, preocupado por sí mismo, como cualquiera de nosotros. No tiene ninguna lógica, es una ruleta rusa. He apretado el gatillo y había una bala dentro. Llegó el café, esperamos a que el camarero se alejara. ¿Se lo vas a contar a Ruth? No, respondí. Nos quedamos sin tema de conversación, y la incomodidad, seguida de un «tengo que irme» por su parte, puso fin al encuentro. Claro, no quiero robarte más tiempo. De ninguna manera, Ciro, de ninguna manera. Es que no lo sabía. Podrías haberme avisado, y habría cancelado, habría puesto una excusa en el trabajo. Mentira. En realidad, Álvaro sentía alivio de tener una excusa para largarse de allí. Iré a verte, ¿aceptan visitas? ¿En qué hospital te operan? Fue la última vez que vi a Álvaro. Nunca apareció. Justo después de pagar el café (insistió en pagarlo), me puso la mano sobre el hombro, me dio un abrazo torpe y se disculpó por la pregunta que quería hacerme. ¿Puedo? Espero que sí. ¿Crees que es un castigo?

Álvaro parecía imbécil, pero era un tipo profundo, trágico. Sentí un amor incondicional por él. Yo estaba convencido de que era un castigo. Y eso me reconfortaba, ordenaba la confusa secuencia de casualidades que me habían llevado hasta allí. O es un castigo, Álvaro, o Dios no sabe lo que hace. Lamenté que no viniera conmigo. Esa misma tarde me dirigí al Silvestre. Subí la cuesta de Santa Teresa, el campo mojado, Río desde lo alto por última vez.

De eso hace tres meses.

Me arrancaron una tercera parte del hígado, un metro de intestino, el páncreas y la vesícula, todo de una vez, me cosieron y me tumbaron aquí. Júlio finge optimismo, y yo finjo que confío en él. A Fialho no lo veo desde el postoperatorio. Miento: de vez en cuando me hace una visita, cuando le pilla de paso a una de sus carnicerías. Fialho es de una vanidad indignante, le gusta enseñar las tomografías de las vísceras de los penitentes mientras describe con detalle las torturas que practica. Se merecería ir a la cárcel. Además, exhibe una prepotencia esnob, aria, es un ser inhumano, detestable. Desapareció en cuanto los oncólogos tomaron el mando. Fialho no soporta la competencia, tiene complejo de inferioridad, sabe que no es más que un fontanero. He sobrevivido a Fialho, y ahora Júlio tiene vía libre para matarme con radiación.

Entras en un hospital con una enfermedad y contraes otras mucho peores, oportunistas, crónicas y agonizantes. He sido víctima de hongos, bacterias, amebas, gérmenes y derivados. La cistitis me hace orinar sangre. Ya me han puesto una sonda en la polla, un catéter en el pecho y un drenaje pleural; se me ha caído el pelo en cuestión de una semana. Estoy muy delgado. Ando arrastrando los pies por el pasillo. Para que haga ejercicio, me dicen. Necesito ayuda para ir al baño, y vivo agarrado a la barra del suero. La barra del suero, mi amante fiel. El báculo de bolsas de plástico que me inyecta veneno. Antifúngicos, antibióticos, antivirales, anti, anti, anti, nada a favor. Le expliqué a Júlio que no tenía a nadie que pudiera quedarse conmigo, y él contrató un servicio de compañía. Nunca había sabido qué era eso de pagar por tener compañía. Ahora lo sé. Son tres que se turnan. Eneida, Gisa y Maria Clara. Eneida es una señora alegre que sabe ser dura los días de desesperación. Gisa es muy distante, me trae sin cuidado, y Maria Clara acaba de entrar como sustituta de Lívia, que se ha quedado embarazada y ya no puede frecuentar el ambiente hospitalario. Lívia me gustaba.

No sé nada de Maria Clara, no hemos tenido tiempo de conocernos. Es joven y guapa, debe de tener novio. Últimamente me falta el aire. Un hongo se me ha extendido por el pulmón, la cistitis me ha llegado a los riñones, y todavía faltan varias sesiones de quimio. Esta semana me han aumentado la dosis de morfina. Júlio no me dice nada, y tampoco hace falta, porque yo ya sé que estoy enfermo. Enfermo de la cabeza y enfermo del cuerpo. Estoy enfermo. A Sílvio le haría gracia la idea. Espero ansiosamente la siguiente dosis, y empeoro mi estado para ver si me la doblan. No hay nada más aterrador que un día entero de cama por delante después de dormir mal toda una noche. Santa morfina, alivio para el dolor y la lentitud de las horas.

¿Para qué esperar? Quiero diñarla ya, olvidar, salir de aquí.

***

Me desperté a su lado, era un día como otro cualquiera. Pero me desperté antes que Ruth, lo cual no era habitual. Me quedé acostado, mirándola. No había un centímetro de aquella mujer que yo no conociera. Había visitado cada pliegue y cada orificio. Durante diez años, conquistamos tierras vecinas en infinitas primeras veces. El ascensor fue solo el principio de una extensa invasión. Cuando nos hicimos amantes maduros, casados y desinhibidos, la voluntad de procrear nos aportó nuevos aires. Follamos con solemnidad, emocionados. Y sus pechos llenos de leche, y la felicidad de haber hecho a alguien que era mitad ella, mitad yo, todo eso nos trajo casi diez años de armonía. Pero ese día, mirándola en la cama, me di cuenta de que ya no quedaba nada por conquistar. Seguía siendo hermosa, no tenía nada que ver con la belleza. Mi sorpresa fue percatarme de que nada en mí, ni un pelo, ni un poro, ni una mísera célula deseaba a aquella mujer. Ruth abrió los ojos y se sorprendió al verme acostado. Sonrió. Yo me levanté para empezar el día. ¿Ha pasado algo? No, nada. Que te conozco. Ese era el problema, Ruth, que nos conocíamos demasiado.

Después del trabajo, llamé a Neto y quedamos en el Amarelinho. Sílvio acababa de separarse, y Álvaro todavía estaba con Irene, confidente de Ruth, y yo no quería que Ruth se enterara de nada. ¿A ti todavía te gusta follar con Célia?, le pregunté. Neto se quedó sorprendido ante una pregunta tan cruda, se rio, reflexionó y me respondió con sinceridad. No pienso en eso, creo que sí, no sé. Es mi vida, no tengo otra. Pero ¿no echas en falta lo desconocido, Neto? ¿Ligar? ¿El peligro? ¿El sexo anónimo? ¿La incertidumbre de la próxima vez? Me contó que sentía por Célia un cariño familiar, que le gustaba la casa ordenada, ver a sus hijos salir hacia la escuela y tener a alguien junto a quien dormir por las noches. Follamos sin problema. Todavía follamos sin problema. Es verdad que de una manera un poco metódica, mecánica, pero siempre ha sido así. Célia es bastante moderada. Ejecutamos siempre el mismo ritual, pero a los dos nos va bien, disfrutamos juntos, yo sé cómo esperarla, creo que estoy satisfecho. Debo de estarlo, porque no pienso en eso.

El problema era mío. Temía que la furia apasionada que me había devorado en el ascensor me estuviera pasando factura ahora, diez años después. Yo no sobreviviría con la misma resignación de Neto.

Abrí la puerta de casa, ya no era yo, era otro. Ella lo notó y me preguntó si estaba bien. Le respondí que sí, que ya se lo había dicho, que no estaba bien cuando ella me preguntaba si estaba bien. Entré en el baño, cerré de un portazo y abrí el grifo. Estuve un buen rato en la ducha. Cuando salí, Ruth se encontraba en el salón viendo la televisión. João estaba en la cama. Fui al dormitorio, me metí bajo la sábana, apagué la luz y me volví hacia un lado, irritado conmigo mismo. ¿Por qué había hecho aquello?

Esa noche no soñé nada. Me desperté con ella al lado, mirando al techo. Estaba esperando a que te despertaras, me dijo. Un velo pesado había caído sobre nosotros, igual de inesperado y denso que el amor previo, pero diferente, sombrío, desolador. Me senté de espaldas a ella, pensé en decirle algo, pero me quedé callado. Fui a lavarme los dientes. Ella esperó a que saliera del baño, me exigió una explicación. No es nada, Ruth. ¿Cómo que nada, Ciro? ¿Te he hecho algo? No, tú no has hecho nada. Entonces, ¿dónde está el problema? El problema, Ruth, es nuestro matrimonio. Ella empalideció como si hubiera recibido la noticia de la muerte de alguien. Si nos hubiéramos quedado allí, removiendo el fango, habría sido peor. La pequeña inconveniencia del día anterior ya había dado frutos, frases, riñas y preguntas; había que zanjar el asunto. Me voy al trabajo, Ruth, y creo que tú deberías hacer lo mismo, no sé qué me pasa. Perdona, pero tengo una reunión en el centro, ya hablaremos esta noche.

Ruth no fue a trabajar.

Atendí a los clientes, resolví un asunto en el juzgado, cayó la tarde y llegó la noche. Salí a la calle como si no hubiera nadie. ¿Y si fuera otra vez así? Diez años después del huracán, volvía a ser yo, como siempre había sido antes de ser engullido por ella. Vagué por la calle Ouvidor, por Cinelândia, e hice una señal a un taxi casi a la altura del Aterro. A la avenida Princesa Isabel, ordené al taxista. Me bajé delante del Frank's Bar. Me senté en el sofá del fondo, dos chicas desnudas se contorsionaban en el escenario, pedí un whisky y me relajé. Era libre. Una muchacha me pidió permiso para sentarse, pero prefería estar solo; dio media vuelta y se dirigió a una mesa cerca del escenario, donde un barbudo se tomaba un Campari. Las *strippers* terminaron el número, y entró en escena una pareja con una sábana descolorida. Estaban casados, era evidente que estaban casados, se notaba por la pasividad con que extendían la tela y se tumbaban sobre el entarimado. Era una escena lamentable. Él parecía indeciso, lo que lo obligaba a apretarse la base de la polla para mantenerla erecta. Ella no era nada guapa y tenía un cuerpo pequeño, sin gracia, como tantos otros. Debía de ser la enésima vez que fornicaban aquel día. Y, pese a que les pagaban por fingir, los dos ponían cara de póker, de aburridos, apáticos. La intimidad destruye la libido, tenía razón. Éramos Ruth y yo. Nosotros dos. Lo que el matrimonio había hecho de nosotros dos. No hay vuelta atrás, pensé. Dejé un billete sobre la mesa, me levanté y salí del club, preocupado. Bendito sea el humo envenenado de los coches. Corrí a una cabina y llamé a Sílvio. Quedamos en el Antonio's. Yo llegué antes. Allí estaban los granujas de siempre. Hombres libres, como yo quería volver a ser. Uno de ellos, rojo de tanto whisky, narraba con euforia cómo Tarso de Castro había conquistado a Candice Bergen. ¿Dónde he estado enterrado todos estos años? Todos follándose a todo quisqui, y yo atado a una fidelidad conyugal sin solución.

Sílvio llegó animado, tenía un compromiso para más tarde. Estaba más radiante que nunca. Cuenta, Ciro. Cuenta tú, ¿cómo va la vida de soltero? Si mejora, se va al carajo. Solté una carcajada a gusto y llamó al *maître*. Un Black Label, pidió. ¿Y tu amor de fábula? Cuéntame para darme envidia. Va bien, respondí. Yo no quería hablar de Ruth. Tu vida es tan perfecta, Ciro, que a veces me dan ganas de escupirte en la cara. Y volvió a reírse como antes, agitando el hielo en el vaso, hasta que dio un trago y cambió el tono. Sílvio se inclinó sobre la mesa y me señaló para que yo hiciera lo mismo. Bajó la voz. Si te confieso algo, ¿me juras que no se lo contarás a nadie? Se lo juré. Sílvio desplegó una sonrisa canalla: seguro, ¿eh? ¡Seguro! ¡Mira que es una responsabilidad! Pues escúchame, Ciro: tu amigo Silvinho está viviendo la primavera; he sobrevivido al duro invierno. Después de soportar el careto de mi suegra, los rezos de Norma, la pesadez de esos críos, el olor a ajo en el desayuno..., he vuelto a ser yo, Ciro. Si siguiera casado con Norma, a estas alturas sería un eunuco, Ciro, la polla se me habría encogido, se me habría secado como una pasa. Neto aguanta porque tiene de sobra, pero yo no puedo desperdiciar la mía. Tú tienes suerte, porque te casaste con Ruth, pero Norma se agotó en un mes. No la dejé porque funcionaba bien, pero no tenemos un carajo en común. Y ahora te contaré el secreto. ¿Listo? Listo. La cosa se torció porque una señora de Ribeirão le fue a la madre de Norma con el chisme de que yo estaba liado con una hippie de Bauru. ¿Y sabes quién es esa hippie de Bauru, Ciro? No, Sílvio, no sé quién es. ¿Me guardarás el secreto? Sí. ¿No quieres adivinarlo? No. Es Suzana. ¿Qué Suzana? ¿Cómo que qué Suzana? ¡La del porro en el jardín, la de Ribeiro, joder!

La revelación no me sorprendió nada. De Sílvio te lo podías esperar todo, y de aquella tipa, más. La parte del eunuco, sin embargo, me afectó de lleno. La imagen del castrado.

Con ella he quedado ahora. Con ella y una amiguita suya, Brites. Y, con un gesto repugnante, movió la lengua como una serpiente para darme a entender que se estaba tirando a las dos. Siempre me pareció asquerosa la manera en que Sílvio hablaba de sexo. Cuando bebía, pellizcaba a los demás, lo cual era muy dudoso. Mi ideal de felicidad era muy distinto del suyo. Desde luego, más conservador. Yo nunca humillé a mis amigos por ser lo que era. Nací guapo como nadie, buena gente como nadie, las mujeres temblaban con antelación. Yo era así, y sin esforzarme. Y me encerré diez años en un establo. Pero ya no más. Sílvio tenía toda la razón. Y brindamos por la primavera.

Una vez puestos a tono, salimos del Antonio's y bajamos a pie por la calle Bartolomeu Mitre. Sílvio me quería arrastrar al Shirley, donde estaban Suzana y Brites chupeteando marisco. Mejillones..., insinuó Sílvio, abriendo una concha imaginaria y moviendo la lengua otra vez como un reptil. Ya lo he captado, Sílvio. De ahí, se marchan a una fiesta de la gente del teatro. Hoy no te vas a casa, Ciro, te lo prohíbo. Mañana, dile a Ruth que me llame, que yo le contaré que tiene que compartir este pedazo de patrimonio con el resto de la humanidad. Sí, ve y cuéntaselo, Sílvio. Recogimos a las dos en el Shirley y nos fuimos a un antiguo caserón del barrio de Santa Teresa.

El mundo ha cambiado mucho desde la última vez que salí, constaté. Reinaba una androginia alarmante. Adefesios femeninos. Todo el mundo le tocaba el culo a quien tuviera cerca. Rechacé el Mandrix de Sílvio, pensé que era mejor mantenerme lúcido. En cuanto llegamos, dos maricones que vivían de hacer riñoneras se me acercaron con ojos lánguidos y me preguntaron si allí de donde yo venía había otros como yo. Al reírme, soltaron un gritito. Una bandada de amigas robustas oyó la llamada y acudió a admirar el manjar. El enjambre se posó a mi alrededor con un toqueteo interminable de manos sobando. Sílvio me salvó, ahuyentó el revuelo diciendo que me dejaran respirar. Fuimos a la pista. *Lança, menina..., lança todo esse perfume...*, era ridículo seguir. Me fui a un rincón a observar el panorama. Pensé en Ruth, que se estaba volviendo loca sin mí. De pie junto a la balconada de aquel caserón decadente de Santa Teresa, pensé en la posibilidad de volver, pedirle perdón y olvidar aquella mañana fatídica en la que me desperté antes que ella. Sílvio volvió a aparecer con un vodka. ¿Te estás divirtiendo, Ciro? Lo intento. He dejado a Ruth, Sílvio, la he dejado en casa y me he largado cerrando de un portazo. No puedo volver a casa. Sílvio abrió los ojos como platos. ¿La has dejado? ¿La has dejado en serio? ¿O más o menos? No, creo que no, todavía no. No lo sé. Amigo mío, el «no lo sé» es la fase más agotadora de cualquier separación, el resto viene solo. Estoy desconcertado, creía que tú y Ruth erais inmunes a las tentaciones. Piénsatelo bien, Cirinho, las mujeres harán cola para estar contigo, exclamó, profético, pero ¿soportarás ver a Ruth libre, Cirinho? Piénsatelo bien. ¿Estás dispuesto a brindarle a otro, sin más, todo lo que tienes? ¡Cuidado con Ribeiro! No sé, pero tengo la sensación de que Ribeiro siempre ha querido echarle un polvo a tu mujer. Y tiró de mí para entrar. Pero ¡no desperdiciemos tu crisis! Suzana y Brites surgieron de la nada y nos adentramos en aquella sala sofocante. El olor a marihuana enviciaba el ambiente oscuro. Había algunas personas abrazadas en el sofá, donde un porro rodaba de boca en boca. Y yo no dejaba de darle vueltas a la cabeza después de oír la revelación de Sílvio. Ribeiro quería tirarse a Ruth. Ribeiro se tiraría a Ruth, Ribeiro podría estar tirándose a Ruth en aquel preciso momento, mientras yo deambulaba por aquel banquete alternativo. Esquivamos la cola para el baño y subimos por una escalera tomada por hombres y mujeres maquillados con purpurina de colores. Llegamos a la segunda planta, donde un pasillo corto terminaba en varias puertas. Escoge una, dijo Sílvio. ¿Qué? ¿Cómo que qué? Escoge una puerta, joder. ¡Hoy es el día, Ciro! Suzana y Brites se rieron con complicidad. Escogí a la de en medio por elegir alguna, concentrado en mis celos. Las dos chicas giraron el pomo juntas, y Sílvio me soltó un cha pícaro antes de cruzar el umbral, nos vemos ahora, me dijo, ahora mismito. Entramos. Una oscuridad absoluta, gemidos y el golpe del aire acondicionado. Alguien me agarró el paquete, una lengua me perforó la oreja, y una mano insistente trató de bajarme los pantalones. Como pude, impedí que un bigote me violara la boca. Sentí asco del olor agrio de aquel cuarto, del incienso tántrico, de aquella ausencia de machos y hembras, de Ruth. Salí de allí quitándome de encima aquellas ventosas ávidas, retorcí la mano que intentaba magrearme. Bajé precipitadamente la cuesta hasta la calle de los tranvías, atravesé el túnel en un taxi que se caía a pedazos. Mi edificio no llegaba nunca. Subí corriendo, casi eché la puerta abajo, crucé el pasillo llamándola por su nombre. El dormitorio. Ruth de pie. Me llamo Ciro, le dije, soy abogado, estoy casado, tengo un hijo y nadie te apartará de mí. Y me abracé a ella como si fuera la primera vez. Ya se me ha pasado, pensé. Se me ha pasado. Perdóname, Ruth. No volverá a ocurrir.

Era estúpida y bajita. Mediocre, servil y desesperada. No le llegaba a Ruth ni a la suela del zapato. La fiesta de fin de año en el despacho fue un desmadre, bebí mucho, no me acuerdo bien de todo. Cinira se acercó a mí golosa. Y a mí me hizo gracia aquella cerdita torpe que me desabrochaba el cinturón y me llamaba doctor. No tenía nada que ver con el amor, era puro envilecimiento. Yo me reí, mientras ella se afanaba por librarse de su ropa ajustada. Se enredó con su blusa de látex, la saqué de allí dando bandazos, intercambiamos unos besos empalagosos con su cabeza aprisionada todavía en la manga, y tuvimos un momento de tibieza cuando arrancamos el último mechón de pelo que se le enganchó en el botón del cuello. Cuando miré a aquella rechoncha desnuda, ansiosa de lo excitada que estaba, me abracé a su cuerpecillo de barril y no tardé ni medio segundo en terminar. Una mierda de polvo, borracho como me encontraba, me costó una noche entera de lamentos y acusaciones. No sirvió de nada explicarle a Ruth que Cinira no era nadie, que había tenido un calentón, un desliz, que no tenía nada que ver con nosotros, que se acababa allí. Ruth amagó otro arrebato. Yo no podía soportar aquello. Ruth tenía que hacerse respetar, demostrar cierto amor propio, que me pusiera unos cuernos de castigo, que se fuera en busca de Ribeiro..., pero no, prefería hacerse la víctima, ser insoportable. Ruth, le dije, ¡eres insoportable! Y le di la espalda, necesitaba dormir. Dormité un par de horas en el sofá del despacho y me desperté con tortícolis. Todavía estaba cabreado con ella. Me levanté como pude, cogí una muda de ropa y me marché sin decir adónde. No aparecí por Navidad, ni por Año Nuevo.

Internaron a Ruth el día 1 de enero.

Sílvio me acogió. Pasé el cotillón con él, Suzana y Brites. Ellas me presentaron a Marta, y la medianoche de 1980 a 1981 saltamos las siete olas en el Leme. Ella quiso porque quiso entregarse a mí en el agua, dijo que era una superstición, y yo le di el gusto, al menos este año habré hecho a una mujer feliz, pensé. Luego volvimos todos juntos a la Glória. Me desperté con resaca, sintiéndome culpable por lo que había hecho. Llamé a la puerta de casa al final de la tarde, la criada me comunicó que João estaba con los abuelos y que la señora Ruth había ido al hospital con su hermana.

Raquel me hizo esperar fuera. Ruth estaba sedada. Esperé en recepción, turbado. Volví a subir y convencí a mi cuñada para que se fuera. Ruth no se despertó hasta la mañana siguiente, tenía sed. Cuando me vio, se echó a llorar. La abracé, me tumbé en la cama, le juré que jamás volvería a hacerlo. Ella durmió recostada en mí. Cuando regresamos a nuestro apartamento, insistí en llevarla en brazos hasta el dormitorio. Nos amamos como cuando éramos novios. Cinira..., imagínate, Cinira, qué tonta era Ruth por compararse con aquella estúpida de administración.

En mayo, el mes de las novias, cogí un caso de expropiación de un terreno en Ipanema. Los especuladores se habían arrojado sobre el barrio como un enjambre de abejas. El dueño de una constructora de peso tenía una obra embargada; el ayuntamiento había descubierto un fraude en las certificaciones catastrales de las parcelas de la calle Nascimento Silva. Desencallé el procedimiento, y la perforadora volvió a romper la paz del vecindario. En pago por mi labor, los clientes me invitaron a cenar. No llevé a Ruth, le dije que se trataba de una cena de trabajo, y, en efecto, lo era. El apartamento, un quiero y no puedo con vistas a Lagoa, era muy pequeño y carecía de ventilación. Techos de algo menos de dos metros y medio, habitaciones de dos por dos, carpintería de aluminio, cristales ahumados, lavabo sin ventana y encimera de granito en la cocina. El nuevo tipo de vivienda del que aquella gente tanto se enorgullecía. Cada uno de aquellos palomares recibía el nombre de un europeo célebre: Vivaldi, Monet, Rimbaud... Aquel se llamaba Voltaire. Milena salió a la puerta para recibirme con su marido. Era guapa con ganas. Fui presentado a la flor y nata del mercado inmobiliario, ricos y gordos con Rólex en las muñecas, apretujados en el juego de sofás de cuero del salón. Escuché elogios, fingí modestia, coleccioné contactos. El lunes, la secretaria me anunció que tenía una reunión con la señora Milena, la mujer del constructor, para el martes. ¿Ha dicho de qué se trata? No, no ha comentado nada.

Aparté la silla para que se sentara, rodeé el escritorio y me acomodé para escucharla. Milena mejoraba a la luz del día.

—Quiero separarme —dijo—. ¿Crees que será difícil?

Me quedé tan desconcertado que devolví la pregunta:

—¿Difícil en qué sentido?

—¿Te parece arriesgado pedir el divorcio?

—Es un hombre de éxito; no debe de ser fácil renunciar a un matrimonio así. Supongo.

—Él habla muy bien de ti.

¿Qué pretendía? Procuré mantener la calma.

—Milena... ¿Puedo llamarte Milena?

Ella asintió.

—He ejercido de abogado para la otra parte, raramente me ocupo de asuntos de familia, solo cuando hay un inmueble en litigio, solo en esos casos. No sería ético, y mucho menos honesto, aceptar...

—Me has entendido mal. No quiero tu ayuda profesional.

Y me miró seria. Tardé un minuto largo en entenderlo. Era una forma de seducción entre adultos, con cita previa. Milena era mucho más agresiva que yo. Dios es testigo: en aquella cena no habíamos intercambiado ni dos frases, no habíamos hecho ni caso el uno del otro. Yo me pasé la madrugada escuchando los planes de la flor y nata del *boom* inmobiliario para destruir Río de Janeiro. Y no la busqué, sino que ella vino a mí, cayó del cielo como un mango maduro. ¿Cómo iba a decirle que no? Una mujer como aquella, pidiéndome que la librara del carnosaurio de su marido, de las comilonas de ingenieros, de los viajes a Disney. ¿Por qué Ruth no hacía lo mismo con Ribeiro? El matrimonio no puede matar la aventura de cada uno.

Aquello me estaba pasando a mí, solo a mí, Ruth era libre para hacer lo que quisiera. Marqué el número de Sílvio en el banco sin apartar la vista de la butanera que llamaba a mi puerta. Le pedí la llave del apartamento de la Glória y accedió enseguida (Sílvio era muy solidario en ese tipo de circunstancias). Escribí la dirección y la hora, las doce y cuarto, en un papel timbrado.

—Quizá pueda ayudarla... —le dije, y le entregué la nota en la mano.

Milena la guardó en su bolso, se levantó y salió igual que había entrado.

Solíamos quedar a la hora de comer, luego me comía un sándwich y volvía a la realidad. Manteníamos la rutina de casados, cada cual con su cónyuge. Milena era colosal, creativa, fina. Me regaló un traje importado para que me la follara vestido a la moda. Si no hubiera sido por Ruth, me habría casado con ella. Mentira, nunca lo habría hecho. El marido de Milena le pegó cinco tiros en Búzios siete meses después de nuestra aventura. Dos balas le atravesaron la pierna derecha, y las otras se quedaron hundidas en una pared de Cabo Frio, la casa colonial que él hizo construir en la playa de Ferradura. Milena coleccionaba aventuras, pero yo no lo sabía. Después de su historia conmigo, inició un romance tórrido con el socio de la constructora. Ella odiaba a su mujer. Todavía estábamos juntos cuando Milena llamó al pobre diablo para decirle que lo amaba con locura. Él se lo creyó, era imposible no creérselo. Milena quedó en pasar el fin de semana con él en el Maksoud Plaza, pero le exigió que llevara a la cacatúa. ¿La cacatúa? Sí, la cacatúa. Era un capricho, tenía que llevarse con él a São Paulo la mascota que el matrimonio tenía en una jaula gigante del salón. Él se rio por lo absurdo de la petición, y trató de hacerle cambiar de opinión en vano: ya estaba decidido. Aquel lunes por la tarde, se dirigió al aeropuerto con el bicho embutido en un transportín para gatos, para ser sorprendido in fraganti por su mujer con la *rara avis* y Milena en la puerta de embarque. La amante buscó la manera de que la otra se enterara, y la cacatúa demostraba la sumisión del marido. El otro se enteró de la traición y se volvió loco; había precedentes, Milena nunca fue fácil. Pero que lo hubiera traicionado con su socio, su hermano, era inaceptable. Ningún hombre lo consentiría. Ciego de celos, se metió un revólver en el bolsillo, se dirigió a Ferradura y descargó contra ella.

Nosotros terminamos bastante antes de todo aquello, y de forma no menos desastrosa. Ruth no sospechaba nada. Yo estaba presente, era su compañero, estaba feliz, feliz como nunca. Un día se me olvidó que había quedado con ella para llevar a mi hijo João al dentista para ponerle un aparato en una consulta del centro. Yo no me encontraba en el despacho cuando pasó a recogerme. Perdí la noción del tiempo; a Milena le gustaba hacerme perder la noción del tiempo. Mi olvido hizo que a Ruth le saltaran las alarmas, se deprimió y arrastró el hogar con ella al abismo. Milena pasó a ser mi sol. Me obcequé con ella. Un día Ruth se volvió loca y le dio por vigilarme, apostada delante de la puerta del despacho. Salí solo y cogí un taxi para la Glória, donde Milena me esperaba. Ruth me siguió y subió. Yo no sé si es que no cerré con llave, o si fue Milena, solo recuerdo la cara de Ruth en medio del cuarto, chillándome como una urraca erizada. Gritó tantos improperios que dejé de escucharla, me anestesié. Me levanté de la cama, me puse los pantalones, la camisa, recogí lo que pude y me dirigí al ascensor. Ella me siguió, sin dejar de gritarme al oído. Descendí al son de sus bramidos. Era el mismo ascensor de antaño, recordé su antigua voz aterciopelada, aquella última vez que bajamos como dos desconocidos. ¿Cómo puede el mundo cambiar tan rápido?

El rugido de la calle fue un aliento para los sentidos. La voz estridente quedó atrás. Cogí un taxi, todo normal, tarde soleada, Río de Janeiro, el Aterro, el túnel, Copacabana, ningún drama, llegué a casa y me convencí de que no había ocurrido. Me di un baño, encendí el televisor, comí algo y la esperé. Ruth llegó transfigurada. Lo negué, lo negué todo, lo negué completamente, consideré que aquello que me contaba era absurdo. Insistí en que había estado en casa todo el tiempo y, con una mezcla de diversión, sufrimiento y cobardía, no sé qué era, le insinué que a lo mejor estaba perdiendo el juicio. Ruth se convenció, se detuvo, se sentó a la mesa del comedor y pidió un vaso de agua. Se lo llevó a la boca con manos trémulas. Tenía la mirada perdida, vacía, se movía con gestos lentos, como si pudiera romperse. Luego se levantó apoyándose en los muebles, fue a la habitación y se acostó vestida. Pasó la noche en vilo, callada, con las pupilas fijas en la araña del dormitorio. Al día siguiente, no comió, no se levantó, no se duchó, no se movió. Al tercer día llamé al médico, y consideró que lo mejor era ingresarla. Regresé a casa solo, João llegó de la escuela, cenamos, y, al preguntar cuándo volvería mamá, le dije que no lo sabía. Le dieron el alta al cabo de un mes, pero fue distinto de la primera vez. Ruth llegó apática, ida, parecía un espectro de ella misma. No hubo reconciliación, no celebramos nada. Era un pesar tan oscuro, tan profundo, que no permitía disfrutar de nada dentro ni fuera del hogar. Dejé a Milena, aunque ella ya le había echado el ojo al socio, aparte de haber quedado horrorizada con el arrebato de Ruth. Milena no lamentó que lo nuestro terminara. Ella sentía desprecio por mi vida conyugal. Por la mía y por la de cualquiera.

Me hice cargo de la convalecencia de Ruth durante meses, hasta que la comezón volvió a importunarme. Ruth había dejado de ser mujer, ya no se cuidaba, ya no tenía ningún gesto conmigo, apenas nos hablábamos. Esperé a que todo aquello pasara, sin saber qué esperaba ella de mí. No lo entendí hasta más tarde. Ruth aguardaba la traición, la puñalada trapera, solo así recuperaría la razón. No había nada frágil en ella, era una emboscada.

No tardé en caer en la trampa. Las mujeres se abstraen fácilmente del sexo, los hombres no. Yo no. Después de tres meses sintiéndome culpable por el trastorno de Ruth, volví a salir con los amigos, y las mujeres no tardaron en acercarse a mí. Yo no quería a ninguna y las quería a todas. Siempre para una primera vez. Tres polvos con la misma era raro. Y así fue como me follé a Bete, a Marga, a Clara, a Ana, a Sônia, a Cláudia, a Andrea Marques, a Andrea Souza, a Maria João, a Claude, a Cristine, a Gabriela, a Amora, a Paula, a Lu, a Paula Saldanha, a Ana Cristina y a Cristina; a Roberta en la escalera de incendios, a Mirela la de la farmacia, a Gorete la de la playa, a Rita y a Brenda de Nueva Jersey; a Cora en Recife, a Úrsula que era de Paraná, a Brígida la del 306; a Marina, a Ana Luísa y a Míriam..., a Biba y a Marcela. A Marcela. Solía leerle a Machado de Assis: «Marcela me amó durante quince meses y once contos de reis». Ella se reía y no entendía nada. Tampoco me dio tiempo a explicárselo, porque apareció Adriana, y luego Celina, y luego Simone, y Aline, y Mônica y Luciana. No sé quién vino antes y quién después, solo recuerdo el milagro de la multiplicación de los pechos.

Raras veces iba a casa a dormir, pasaba para recoger la correspondencia, a comer algo y ver a João. Ruth dejó de hablarme. Solo me miraba de lejos, como un juez, soberana, con la certeza de que yo no valía nada.

Fue entonces cuando conocí a Lílian. Ella era profesora de Literatura en la Pontífica Universidade Católica, y fue la relación más seria que tuve. Echaba en falta tener una conversación decente con una mujer decente, algo más allá de la fornicación y del voto de silencio que Ruth me había impuesto. Lílian era culta, al contrario que las otras, además de una amante entregada. Empecé a dormir en su apartamento con frecuencia. Pasaba por casa de vez en cuando para dejar la ropa sucia, pero enseguida me iba, cada vez más disgustado con Ruth. Yo era el responsable del horror que estábamos viviendo, pero ella había tomado las riendas y se dirigía hacia el desfiladero. Impidió cualquier posibilidad de amor, me expulsó de su intimidad y se cerró como una ostra. Su pasividad era aterradora. Ya no quería ser mía, pero tampoco me tendía la mano. Ella esperaba que yo la dejara: la prueba cabal de mi incapacidad para amar.

Si es así, pensé, que así sea. Me busqué un piso, un lugar donde estar con Lílian, con mis discos, mis libros. Un ático pequeño quedó libre en Santa Clara; era de un compañero que se casaba y quería traspasar el piso. Me lo quedé yo. Poco a poco, me fui llevando las pocas cosas que me cabían: lo que conservaba de la infancia, los libros de la universidad, los elepés de Grappelli, João, los Beatles y Cat Stevens.

Lílian me ayudó a arreglarlo todo, escogió los fogones nuevos, le gustaba cocinar. Un día me di cuenta de que avanzábamos hacia una unión estable. Fue un domingo soleado, después de la playa, nos duchamos, echamos un polvo, encendí el televisor para ver el fútbol y me senté a comer. Lílian salió de la cocina con un pollo asado recién sacado del horno, lo dejó sobre una mesa bien puesta, sirvió mi plato, luego el suyo, y se puso a masticar. Me sentí asqueado. No toqué la comida, no osé hacerlo, jamás habría podido traicionar a Ruth de aquella manera. Lílian no reparó en mi irritación hasta el postre. Cuando se levantó para preparar el café, la agarré del brazo y le dije que no hacía falta. Ella me miró espantada. No quiero volver a empezar, Lílian, apenas he abandonado a mi familia y vuelvo a estar en el mismo lugar, contigo preparándome un café. No te gustará conocerme de verdad. Yo maté a mi mujer. A lo mejor tú eres menos frágil que ella, pero, si es así, no me sirves. Yo amo el delirio que Ruth siente por mí, y te amaría del mismo modo si sintieras lo mismo. Pero algo me dice que tú, a diferencia de Ruth, ya me habrías dejado.

Así que mando yo, y te voy a dejar. No voy a caer en esa trampa del pollo asado, en esa tontería de la media naranja, de las almas gemelas, en esas gilipolleces que se inventan para arruinarnos la vida. El sexo será cada vez peor, luego vendrá el malhumor, el aburrimiento, las agresiones, las riñas... Mejor lo dejamos aquí.

Lílian cogió el bolso y me miró indignada. Aún era muy joven para poder ver el barro en el fondo del pozo, pero se tomó en serio la advertencia de alejarse. Y eso hizo, nunca más la vi. Solo en el salón del ático de Santa Clara, con el pollo asado de Lílian mirándome desde el pírex refractario, me di cuenta de que la muerte ya me acechaba. El nudo gordiano del tumor que se originó en el lado derecho del páncreas se soltó, estoy seguro, en aquel preciso momento, y se dividió en mil células podridas que se extendieron por mis órganos y camparon a sus anchas.

Me abandoné a la pereza.

De todo lo que concernía a João, hablaba con Raquel o con los abogados. Pagaba la pensión, estaba al día. Ruth dejó de existir. Aunque para mí no fue un alivio. Soñaba con ella; que hablábamos, follábamos, discutíamos. Me venía bien, era la única forma de mitigar la añoranza. Quise llamarla en varias ocasiones para decirle que habíamos pasado la noche juntos, pero nunca llegué a hacerlo.

Preferí la compañía de Sílvio. Deambulé por las fiestas más locas, esnifé lo que no debía e hice el esfuerzo de participar en aquellas orgías que no me la ponían dura. Cuando Sílvio confesó que pensaba marcharse al sur, creí que hasta me iría bien un descanso. Él tenía la ilusión de vernos a todos juntos en una orgía de amigotes. Me hablaba mucho de eso. Aseguraba que la experiencia curaría la impotencia de Álvaro, la monogamia de Neto y el infantilismo de Ribeiro. Sílvio tenía una teoría seria sobre esto. Pero el plan no salió según lo previsto. En la práctica, la teoría es otra. Creo que le molestó que me llevara a la argentina al cuarto, porque llegó a comentármelo cuando lo llamé por teléfono al día siguiente. Sílvio estaba frustrado: Neto y Ribeiro se habían largado, a Álvaro no se le había empalmado, como se esperaba, y él se había quedado dormido en brazos de Xica da Silva. Fue un anticlímax, protestó antes de marcharse para siempre. Más o menos un año después sentí una punzada en el lado derecho del abdomen. La piel adquirió un tono amarillo pis, el pis se volvió negro, y trataron la dolencia como una hepatitis, cuando era algo mucho peor. Y ahora, aquí estoy.

¿Qué hora es? Ya ha anochecido. Me he dormido. Debo de haberme dormido. ¿Ya me han pinchado? Seguro que sí. ¿Dónde está la otra dosis? Quiero volver donde me había quedado.

Hay alguien en la habitación.

La falta de intimidad es el gran abuso de la rutina hospitalaria. Las puertas no tienen pestillo. Los enfermeros, las limpiadoras, los médicos, cualquiera puede entrar cuando mejor le parezca; hablan en voz alta, lo remueven todo. Limpian el suelo, cambian la sonda, hurgan aquí y allá, palpan, agujerean..., es una pesadilla. El letargo me impide preguntar quién es. No tengo fuerza, soy solo pensamiento. Es una mujer. Joven. No es Eneida. No. No es Eneida. Tampoco es Gisa. ¿Quién es? ¿Quién es? Intento murmurar un sonido audible, pero los labios no se mueven. Examina la vena, me toma la temperatura e inyecta veneno en el suero. La mano se me escurre por la barandilla de la cama y cae sobre sus caderas. Son firmes, como las de Ruth. ¿Qué día es hoy? Viernes, responde. ¿Qué día del mes? 4 de agosto, contesta. ¿De qué año? 1990. Y pienso que es una fecha bonita. ¿Hace mucho rato que duermo? Hace una semana, responde. Una semana. Una semana que no he visto pasar. Qué suerte. Si estuviera en la cárcel, los denunciaría a todos por tortura. Si estuviera en la cárcel, cumpliría la pena y saldría vivo. Pero no es el caso. No, no es mi caso. Yo estoy en el umbral del corredor de la muerte, atado a la silla eléctrica, de pie delante del pelotón. Dame otra dosis. No le toca hasta dentro de tres horas. Tres horas..., qué eternidad. Entonces, acércate, le pido, apretando como puedo la mano contra su trasero, para acercarlo a mí. Señor Ciro..., me dice. ¿Qué? Acércate, insisto. Se acerca. Escalo con los dedos su cintura. Señor Ciro..., repite. Súbete encima de mí, le ruego. Ha intentado apartarme la mano del pecho, pero me he agarrado al escote y ya no la he soltado. ¿De qué tienes miedo? Si soy inofensivo, ¿no lo ves? ¿Qué tiene de malo? No se le puede negar la voluntad a un condenado. Ha mirado hacia la puerta por miedo a que entrara alguien. He tirado de ella hacia mí. Al ver de cerca su rostro, me ha venido su nombre a la mente: Maria Clara. Tu amiga no mentía, le he dicho, eres realmente preciosa, Maria Clara. Su cuello palpitaba bajo mis dedos. Ven, siéntate sobre mí. Sé buena, es mi tiro de gracia. Señor Ciro..., déjeme marchar. No, déjame marchar tú a mí. Ayúdame a hacerlo. Ayúdame. Ayúdame. Ha alzado la vista para mirarme, estaba pensando en algo, pero no ha dicho qué, ha vuelto a mirar a la puerta y, sin decir nada, ha bajado la barra lateral, ha acercado a la cama el taburete de tres peldaños y se ha sentado a mi lado. Yo he reído de agradecimiento. Maria Clara huele bien. He esperado a que prosiguiera, pero no: se ha quedado donde estaba. ¿Ya está?, he preguntado. Se ha sonrojado. Señor Ciro..., por favor. Móntate encima de mí. Te llamaré por otro nombre, no serás tú. No, señor Ciro, por amor de Dios. ¿Estás casada? No, no estoy casada. Pero quiero casarme. Entonces finge que soy él, y yo fingiré que eres mi mujer. ¿Qué tiene de malo? No está bien, ha murmurado, seria. Nada en esta vida está bien, he respondido con absoluto conocimiento de causa. Después de una larga pausa, ha iniciado una compleja coreografía para colocarse sobre mi cadera sin desenchufar los trepecientos tubos que me atan al poste. La cicatriz de la barriga ya está cerrada, pero no conviene poner peso sobre el abdomen. Maria Clara ha intentado ser rápida. Apoyada sobre las rodillas, con mi cuerpo entre las piernas, ha ido aumentando la presión con cuidado, hasta relajarse encima de mí. ¿Cuánto tiempo hace que mi cuerpo no me daba una alegría?, he pensado. Y he acariciado sus muslos. Adoro a las mujeres.

¿Has visto? No ha costado nada, le he dicho para tranquilizarla. No, no ha costado nada, ha confirmado ella. Le he preguntado qué había en la bandeja. El antibiótico. El antibiótico solo no llegará a donde yo quiero, he pensado. ¿Y nada más? Hay prescritos dos medicamentos más, me informa, para tomarlos espaciados. Tengo tiempo. Le he propuesto que jugáramos a los médicos y me he reído. Ella quería bajar. Molesto, le he respondido que bajaría, pero que antes deseaba un favor. Maria Clara me ha mirado asustada, no quería ni imaginar lo que estaba a punto de proponerle. He sido directo. Inyéctamelo todo de una sola vez, le he dicho, y he esperado su reacción. Maria Clara ha retrocedido, amenazando con volver al sofá cama, pero yo le he apretado la muñeca y me he puesto a hablar de los horrores de la terapia intensiva, de las máquinas que prolongan la vida, de mi abuelo, que ya estaba muerto diecisiete días antes de fallecer, de su ataúd goteando sangre, de su cuerpo agujereado por toda clase de intervenciones de urgencia. Tienes que ayudarme. Van a entubarme, voy a morir agonizando, tú sabes lo que es esto, vosotras habláis de los pacientes, yo ya no saldré de aquí. Tú eres mi ángel, Maria Clara. Yo te he escogido. Déjame morir así, entre tus piernas, concédeme lo que te pido. Me ha mirado con pavor. He seguido suplicándole. Mientras me oiga, no la dejaré apartarse de mí. Si bajas de esta cama, aunque me visites todos los días y te sientes sobre mí todos los días, nunca más volveré a sentir el placer que he sentido ahora, con el gesto que acabas de hacer. Sé buena, ten piedad.

Un silencio sepulcral se ha impuesto en la habitación. Maria Clara me ha mirado intensamente, qué hermosa es, Dios mío. Sin avisar, ha extendido el brazo hasta la mesilla y ha atraído hacia sí la bandeja de metal con tres jeringuillas. No sé si funcionará, ha dicho. Mi alegría era indescriptible. Preocupado por que la proporción letal del cóctel fuera baja, he querido saber si llevaba algo más en el bolso. Solo Neosaldina. Mézclalo todo, le he ordenado. Al darme cuenta de que me he equivocado de tono, he querido corregirlo con el argumento desastroso de que, vivo, iba a ser un problema para ella. La muerte es lo mínimo que esperan ahora de mí. A nadie le parecerá que no ha sido natural. Pero, si mañana sigo aquí, me examinarán, me abrirán, hasta llegar a ti. El recuerdo del acto criminal, de una posible investigación, le ha hecho reconsiderar la decisión de ayudarme. Maria Clara estaba confusa. Con la voz apagada ha dicho que no lo haría. Puedes bajar, le he comentado con sequedad. No es para ponerse así. Y mañana no hace falta que vengas, hablaré con Eneida para que busque a alguien que te sustituya. Decepcionado, me he dado la vuelta y he fingido dormir.

Maria Clara se ha bajado de encima de mí. Un frío petrificante se ha extendido por todos mis huesos. Ella se ha recompuesto y ha subido la barandilla de seguridad. Ha salido en silencio de la habitación. Me he quedado a solas en la tumba. Nada me venía a la cabeza, ni hacia delante ni hacia atrás. Solo me quedaba la agonía de la espera. He cerrado los ojos, debo de haberme muerto, no sé si me he dormido.

Me he despertado con un ruido metálico de la cama. Alguien movía la manivela para bajarla. He oído el ruido del taburete al arrastrarse, y una figura ha aparecido sobre mi cabeza. Era ella. Maria Clara ha vuelto a ponerse sobre mí, he notado cómo el calor de su sangre calentaba la mía. Como la vez anterior, ha extendido el brazo para coger la bandeja de medicamentos, y me ha dicho con calma:

—Es la hora de tomarse la dosis.

Maria Clara ha levantado la jeringuilla y se ha apoyado en las rodillas para llegar al portasuero. Al hacerlo, su vientre se ha aproximado a mi rostro. He metido la mano bajo la falda y he tirado de sus bragas, quería olerlas. Ella me ha dejado hacer mientras inyectaba el contenido en el suero. Una onda tibia me ha recorrido las venas, la raíz de los pelos se me ha erizado, su piel contra la mía, el terciopelo. Morfina. Mi dosis. La última.

—Te quiero, Maria Clara.

La he apretado contra la pared del ascensor, el eco de las voces en el hueco del ascensor, es mía, he gritado, y he salido llevándome a Ruth del grupo. En el balcón, nos hemos besado con un apremio idéntico. Un rayo me ha atravesado la columna. He deslizado una mano entre los muslos de Maria Clara hasta tocarle la entrepierna. Mis dedos se han hundido en ella.

—Me llamo Ciro, soy abogado, separado y nunca me había pasado algo así.

El próximo

MARIA CLARA salió del hospital ya de buena mañana, el sol caliente quemaba la piel. Odiaba las guardias, hay muchas muertes de madrugada, decía cada vez que le tocaba trabajar de noche.

Fue andando hasta la parada del autobús, se encontraba cansada. No quería pensar en lo que había hecho, ya estaba hecho, que descanse en paz. Nadie sospechó nada, el paciente no recibió visitas durante las dos semanas que ella trabajó allí. Ya lo esperaban, quedaría una cama vacante, ¿a quién iba a preocuparle? Es lo mejor para él, concluyó, con una jaqueca punzándole la cabeza como un anzuelo. Sacó del bolso la cajita de Neosaldina: se había reservado una. Sacó la pastilla negra, se la metió en la boca y la tragó en seco. Fue un alivio subir al bus y ponerse en movimiento. La mañana, límpida como la tarde anterior, hizo reaccionar sus sentidos junto con el comprimido. Recordó el ansia con que había bajado en la parada el día anterior, la prisa al subir las escaleras, volvió a recorrer el trayecto hasta la habitación. ¿Por qué tenía tantas ganas de verlo? Su atención se desvió hacia aquel paisaje imponente: el Pão de Açúcar despertaba para otro día de calor en la bahía de Guanabara. La eutanasia, la muerte, el riesgo de ir a la cárcel. Ciro. La imagen de Ciro, sus manos en su cintura. Maria Clara se durmió recostada contra la ventana del autobús.

Era enfermera, pero podría haber sido azafata; quería llevar uniforme, ser un fetiche para los hombres. Cuando le preguntaban, aseguraba que soñaba con la carrera de Medicina, con conocer mundo, pero era todo mentira. En realidad, a Maria Clara le gustaba sentirse atractiva. Se equivocó en su elección. Quizá la aviación le hubiera dado unos años más de ilusión. La rutina hospitalaria resultó ser brutal desde el principio; los orinales con pis, las lavativas, el olor a pedo en las habitaciones. Estaba a punto de tirar la toalla cuando Lívia le propuso que ocupara su lugar como acompañante de un paciente terminal.

—No es viejo —le confió su amiga—, todavía es guapo, galán, cita a filósofos para alabarnos, te gustará. Solo tienes que darle la medicación y lavarle los dientes. Lo demás lo hacen las enfermeras.

Lívia había alcanzado el destino que Maria Clara anhelaba para sí misma. Se había casado con un médico de tradición familiar y se había quedado embarazada cuatro meses después. Cuando le prohibieron frecuentar el hospital (para su alegría, pues pretendía ser madre y esposa a tiempo completo), salvó a su amiga del horror de la sala de urgencias.

Durante las dos semanas en que la sustituta veló por el enfermo, Ciro no se manifestó. Murmuraba palabras incomprensibles, parecía que la escuchaba, pero nunca abrió los ojos. Fría y profesional, Maria Clara no desarrolló ningún apego por el paciente, no intercambió ninguna vez los buenos días con él, obvió la presencia de aquel hombre que había pasado la mayor parte del tiempo postrado en la cama. Lo limpiaba, le lavaba los dientes, lo peinaba, pero siempre de un modo indiferente, imparcial, neutral. Mataba el tiempo con crucigramas, hojeando revistas, tomando la tensión, viendo la televisión, dando alguna cabezadita..., y diez horas después de fichar salía del trabajo sin más preocupaciones.

Empezaron a gustarle los turnos de noche. Salía a las siete, y aprovechaba para desayunar con su novio en el centro. A diferencia del anterior puesto en urgencias, dormía bien en el trabajo y llegaba fresca a los encuentros, dispuesta a hablar con Nélson del futuro próspero que les aguardaba.

El uniforme de enfermera fue la flecha de Cupido. Se cruzaron en una panadería; como de costumbre, él llegaba al banco y ella salía de la guardia. Las curvas de Maria Clara apretadas en la ropa blanca, el escarpín clarito, la rodilla a la vista... Nélson quedó prendado de aquella morena de piel blanca y caderas anchas, metida en una fantasía erótica en pleno desayuno. La llamó para invitarla a salir, le dio su teléfono, su dirección, le pidió que se casara con él. Nada conmovía más a Maria Clara que ver que un hombre con traje se sentía atraído por ella. Fue directa y se mostró accesible. Quedaron para cenar. Nélson fue generoso al pagar para impresionarla, y ella quedó impresionada, pero luego tuvo que aceptar la realidad que le describió el pretendiente: que vivía de un sueldo pelado del banco y de la expectativa de un ascenso. A la chica le molestaba que no tuviera un coche para pasearse con él. Nélson cogía el autobús, lo cual, a ojos de ella, menoscababa buena parte de su virilidad.

Pero era mejor que nada.

Maria Clara había dejado a su familia en Friburgo para formarse en la capital. Tíos, primos, padre, madre, hermanos y abuelos. Consiguió mantenerse en Río a duras penas; soportó los peores horarios, dobló la jornada laboral, hizo mil cosas a la vez. Ahora, arrepentida de la profesión elegida, le urgía encontrar a alguien que se ocupara de ella, alguien con quien poder compartir las cuentas y que le permitiera vivir cerca del mar. Nélson no era guapo ni feo, no fumaba, no bebía, era fiel y demostraba devoción por Maria Clara. No era el buen partido que Lívia había conseguido, pero ella tampoco era Lívia. Cada uno tenía lo que le correspondía. Se agarró a la única oportunidad que surgió, y se entregó a Nélson en cuanto le pareció que iba en serio. Quiso asegurarse de su culpabilidad en caso de que en algún momento quisiera librarse de ella. No estaba enamorada de su novio, le bastaba con tenerlo, o casi. Nélson se entregaba más, ahorraba y hacía planes para la vida eterna con ella.

Eneida instruyó a la novata en el modo de dirigirse a un paciente en coma inducido:

—Háblale claro, cerca del oído. No orientes la boca hacia el canal auditivo, porque podrías causarle sordera. Habla alto y pausado. Ellos te oyen —e hizo una demostración de la técnica.

Nadie le avisó del cambio de medicación. Maria Clara le estaba pasando una toalla húmeda por el rostro para afeitarlo cuando Ciro abrió los ojos de par en par y la miró con semblante confuso. Al ver al muerto despierto, casi desfalleció. Se había acostumbrado a la idea de que Ciro no existía. Le faltó el aire al descubrir que aquella mole de carne se había convertido de pronto en un hombretón indignado que la miraba fijamente. Despavorida, se aferró al recurso estereofónico que le había enseñado Eneida:

—ME LLAMO MARIA CLARA. SOY LA SUSTITUTA DE LÍVIA. ELLA VINO A PRESENTARME, QUERÍA DESPEDIRSE, PERO USTED DORMÍA. LÍVIA LE MANDA UN ABRAZ...

—¿Eres sorda? —le preguntó Ciro severamente, con las pocas fuerzas que le quedaban—. ¿Por qué gritas tanto? ¿Se ha muerto alguien? ¿Quién se ha muerto? Alguien se ha muerto, me acuerdo del funeral —se dio cuenta de que deliraba. Pidió agua, tenía la boca seca, y Maria Clara fue a buscarle un vaso—. ¿No dais agua a los moribundos? —ya se sentía capaz de hacer bromas.

Cuando fue a darle el vaso, temblaba. Ciro bebió y la miró de arriba abajo.

—Lívia me juró que no me decepcionarías. Deja que te vea. ¿Cómo te llamas?

—Ya se lo he dicho.

—No me acuerdo.

—Maria Clara.

—Maria Clara. Es bonito.

—¿Usted cree?

—Sí. ¿Tú no lo crees?

—No.

—¿Estás casada?

—No, no estoy casada.

—¿Y piensas casarte?

—Si Dios quiere, sí.

—Reza para que no quiera. ¿Cuántos años tienes?

—Veinticuatro.

—Veinticuatro. Los años pasan. Aprovecha, porque esto pasa volando.

Cansado de la esgrima, Ciro se permitió una pausa.

—¿Por qué quieres casarte?

—Porque es lo que se hace.

—Eso no es una respuesta. ¿Por qué quieres casarte?

—Porque no quiero volver a Friburgo.

—Eso ya es una razón concreta. Aun así, no te cases. ¿Él te gusta?

—Más o menos.

—Entonces no hay ningún problema.

—¿Por qué no hay ningún problema?

—Porque el matrimonio por amor termina siempre en tragedia.

Maria Clara lo miraba con asombro.

—¿Puedo comer algo?

—Creo que sí.

La muchacha apretó el timbre de urgencia. A los pocos segundos, la habitación se llenó de enfermeros que tomaron la tensión al resucitado, le sacaron sangre y examinaron sus reflejos. Maria Clara desapareció tras aquella iniciativa colectiva para atender al enfermo, se sentó en el sofá y repasó el breve diálogo. No todos los días conocía a alguien que mostrara interés por su vida. Siempre lamentaba el amor interesado que sentía por Nélson. Había decidido renunciar a la suerte, ser realista y casarse con la frustración. Ahora aparecía aquella entidad del más allá para decirle que el matrimonio era una desgracia asegurada. Había hablado de tragedia. Había condenado la pasión. Había garantizado que la falta de afecto podía ser ventajosa. ¿En qué?, pensaba. Tenía ganas de contarle lo que nadie sabía, que, en un momento de apuro, para poder pagar el alquiler atrasado, aceptó los favores de un señor del barrio de la Tijuca. Vivió de él una temporada. Sospechaba que lo que sentía por Nélson no era distinto del vacío de quitarse la ropa en la habitación de aquel apartamento mohoso de la calle Conde de Bonfim. ¿Qué hay de bueno en eso? Ciro le había dado solo una orden certera: aprovecha. Aprovecha, porque esto pasa volando. Así era. Durante el último año, Maria Clara se había dado cuenta de que, pese a ser joven, ya no tenía tiempo para cambios drásticos ni grandes transformaciones en su vida. Tardé demasiado en renunciar a una carrera, o en buscar a un hombre mejor. Pasa volando. Tiene razón.

El personal pidió un electro, una ecografía y unos rayos X del tórax. Se llevaron el cuerpo para hacerle pruebas. Cuando Gisa apareció para relevarla, Ciro aún no había vuelto. Maria Clara maldijo la puntualidad de su compañera, y le dio conversación para retrasar el cambio de turno. Gisa escuchó cómo contaba lo sucedido, se rio del susto de la otra y le reveló intimidades sobre el paciente:

—El hijo ha venido pocas veces, con una tía suya. Está separado. Al principio todavía pasaban a verle unos amigos, pero luego desapareció todo el mundo. Hace dos semanas que le indujeron el sueño. Justo antes de llegar tú. Lo dormirán otra vez, ya verás.

—¿Tú crees?

—Estoy segura.

La noticia entristeció a Maria Clara. Gisa adoptó un gesto impreciso.

—¿Por qué no le dejarán morir en paz?

—¿Cómo?

—¿No ves que es una tortura? Lo perforan, le dan vueltas, le hacen radiografías, lo despiertan para hacerle pruebas; después vuelven a dormirlo. Es una crueldad. La medicina niega derechos básicos al ciudadano. Es anticonstitucional.

Maria Clara se quedó horrorizada. Hacía más de diez días que estaba allí, y jamás había formulado un pensamiento consistente respecto al paciente. Lo que este tomaba o dejaba de tomar era responsabilidad de los médicos. Jamás había discutido las decisiones del alto mando, y mucho menos en aquella jerga propia de un abogado. Miró pasmada a su compañera, y se sintió inculta y superficial. Gisa era de izquierdas, tenía mucha conciencia política, prestaba ayuda como voluntario social, leía libros que pesaban más de un kilo y salía a fumar al balcón de la segunda planta.

Ciro no regresó a la habitación. Maria Clara se despidió, desolada. Sería bueno tener la oportunidad de estar a solas una vez más con un hombre mayor y experto, interesado en sus problemas. Echó en falta a su familia. Entró en el autobús con el temor de que Ciro no resistiera hasta el encuentro del día siguiente. Todavía le quedaba un día entero por delante.

Quedó con Nélson a la salida del banco. Se había dado un capricho: había comprado dos entradas para el preestreno de *Días de trueno* en el cine São Luiz de la plaza Do Machado. Maria Clara era fan de Tom Cruise. Cenaron en casa de ella unos raviolis congelados y una tarrina de flan. Como siempre, la conversación recayó en la boda. Maria Clara no fingió el entusiasmo de siempre, se limitó a observar la alegría de su novio. Él notó la frialdad, pero creyó que a lo mejor no se encontraba bien. Los hospitales no sientan bien a nadie, pensó, convencido de que un día liberaría a su amada de la esclavitud sanitaria. Ganaría lo suficiente para que pudiera quedarse en casa, ir a la peluquería y llevar la vida plácida de las esposas de los directores, con cocinera, asistenta y niñera a su disposición. Tendrían derecho a un coche de empresa, de cuyo chófer prescindiría, solo por el placer de conducir para ella.

Nélson durmió en el estudio de su novia y se marchó temprano al trabajo. El día amaneció fresco. Maria Clara tardó en salir de las sábanas, pasó el día en casa, rondando el teléfono, temiendo el recado funesto. Se marchó una hora antes de lo habitual, no pudo esperar más. En la cuesta de subida al hospital São Silvestre, la bahía dibujaba un fondo azul marino y, a contraluz de poniente, las montañas teñidas de un naranja encendido y un cielo sin bruma, la maravilla de Río. Maria Clara no soportaría volver a la sierra, tener que despedirse de todo aquello. Se acordó de Ciro y repasó las preguntas que pensaba hacerle. Le acuciaba verle, necesitaba escucharlo. Dependía de aquello. La ausencia de noticias era la mejor noticia. Estaba segura de que había resistido a la madrugada. Apretó el paso. ¿Estaría despierto?

Ciro dormía. Estaba aún más delgado que el día anterior. Maria Clara se lavó las manos y se sentó a esperar. Se olvidó de los crucigramas, las revistas, la televisión. Cuando el sol se ocultó tras las copas de los árboles, la melancolía se apoderó de la joven. Hacía tres horas que estaba en el mismo lugar, atenta al menor movimiento, pero nada distinto había sucedido. Se levantó para ponerse la chaqueta. Hacía frío. Los insectos zumbaban en el exterior, cerró la ventana, pero el silencio era más irritante que el bordoneo del campo. Así que volvió a abrirla. Cuando la empleada de la limpieza llegó para hacer la cama, Maria Clara aprovechó para ducharse y ponerse un uniforme planchado. No acostumbraba a ponérselo con Ciro, pero quería agradarlo. Salió del baño, comprobó que el bello durmiente estaba bien y se acostó sobre la cama recién hecha. Miró al techo. ¿Y si no se despierta? No se iría de allí sin antes verlo. Se dio cuenta de que no pensaba en su novio desde hacía rato. No me casaré, decidió, o algo en su interior lo hizo por ella. Quería que Ciro fuera el primero en saberlo.

A las nueve, una enfermera pasó para entregarle la ficha nocturna. Eneida, Gisa, Lívia y Maria Clara competían por administrar las dosis. El doctor Júlio había concertado un acuerdo, según el cual una parte del sueldo de las acompañantes de día se integraba en el coste del tratamiento que cubría el seguro privado. La maniobra permitió que Ciro estuviera rodeado de mujeres hasta el último momento.

Maria Clara le tomó la presión, la temperatura, cambió el suero, inyectó el antibiótico y el antiinflamatorio. Ciro seguía inmóvil. Terminada su labor, se dedicó a contemplarlo. Qué poco elegante es el coma, pensó. Los músculos completamente relajados hacen que la boca quede abierta, presionan la mandíbula contra el cuello, y la piel de las mejillas se separa de los huesos. Dios me libre de esto. La indiferencia habitual afloró de repente. Lo miró con desapego, como si estuviera ante un cadáver. Retrocedió por instinto. Qué idiota era. Había alimentado la esperanza de que un muerto tuviera algo importante que decir. Algo de luz que arrojar. Imbécil. Dio la espalda a Ciro, irritada. Se sentó y encendió el televisor. Bruce Willis pasaba descalzo sobre los cristales de una explosión reciente. *La jungla de cristal.* Tiros por todas partes. Maria Clara descargó contra la película el odio que sentía por tener un destino tan vulgar. ¿Por qué no habría elegido ser azafata?

Me voy a casar con Nélson, se dijo, ya más tranquila. Me casaré, tendré hijos, dejaré esta mierda de trabajo y me quedaré en Río de Janeiro. No esperó a que el héroe acabara su trabajo, hizo desaparecer a la estrella estadounidense de la pantalla, puso el despertador a las dos, se recostó sobre el sofá cama, apagó la luz e hizo un esfuerzo para dormir. Ya no pensaba en Ciro, ya no le importaba. Al día siguiente buscaría a alguien que la sustituyera. Lívia se había equivocado, aquello no era para ella. Sería azafata, aún estaba a tiempo, dejaría a Nélson, se iría de allí, comería en París, cenaría en Londres, visitaría las pirámides, Disney, el nordeste. Bregó con el insomnio hasta dormirse sin darse cuenta.

***

Sonó la alarma. Maria Clara emergió de las tinieblas desconcertada. No había soñado nada. Tardó unos instantes en centrarse. La medicación, recordó, es la hora de la medicación. Encendió la lámpara de la mesilla auxiliar, fue hasta la cama, tomó la tensión al cuerpo postrado, ajustó el termómetro bajo la axila y se concentró en la gasa, el alcohol y la jeringuilla. Desechó la aguja. Cuando terminó de inyectar el medicamento en el suero, notó que una mano le palpaba las nalgas. Se volvió hacia atrás: era Ciro.

No quedaba rastro de los ojos saltones ni de la furia del día anterior. Parecía exhausto, más pequeño y frágil. Su voz débil intentó hacerle una pregunta. Quería saber qué día era. 4 de agosto de 1990, le respondió. Es una fecha bonita. Maria Clara había hecho tanto esfuerzo para librarse de la expectativa depositada en el moribundo que ahora no le venía a la cabeza ninguna pregunta importante. Y Ciro también había perdido autoridad, ya no le inspiraba la misma confianza. Su mano volvió a acariciarle la carne. El espíritu se había despertado lascivo. Señor Ciro... No sabía cómo llamarlo. Aquel «señor» seguido de su nombre le pareció ridículo. Pero llamarlo simplemente Ciro era demasiado íntimo. Y decirle «don», demasiado grave. De modo que siguió llamándole «señor Ciro», aun sabiendo que no era acertado. Sintió la mano escalando por la cintura hasta el punto donde empezaba el brazo. Señor Ciro..., repitió en vano. No quería rechazarlo, pero tampoco esperaba aquello. Maria Clara se sonrojó, intentó apartar la mano que le apretaba el pecho, pero Ciro se agarró al escote y no volvió a soltarla.

—Tu amiga no mentía. Eres realmente preciosa, Maria Clara.

Nunca se había resistido a las alabanzas, pero que Ciro no hubiera olvidado su nombre le subió los colores, las piernas le flaquearon y los pulmones bombearon aire a la nariz. Ven, siéntate sobre mí, le pidió. Maria Clara quiso concederle el deseo. Le gustaba conceder a los hombres lo que le pedían. Y aquella petición era especial, no volvería a darse. Sin mediar palabra, bajó la protección lateral de la cama, acercó el taburete de tres peldaños y se sentó a su lado. No tenía nada que perder. Al día siguiente, Maria Clara estaría lejos, no volvería a verlo más. Y, de todas formas, se iba a morir en cuestión de días. ¿Para qué negarlo? Sintiendo la necesidad de ser especial para alguien, fantaseó con la idea de que Ciro moriría pensando en ella. Sería la última, la definitiva. Jamás se le ofrecería nada igual. Con un movimiento brusco, se irguió, pasó una de sus piernas sobre las del paciente y afianzó las rodillas sobre el colchón. Se enamoraron. Fue entonces cuando Ciro le propuso el asesinato. Maria Clara se apartó, asustada.

—Sé buena —le dijo—, ten piedad de mí.

Que fuera buena... Buena como una santa. Y olvidara lo ocurrido en la Tijuca. Vaya una proposición... Haría cualquier cosa por él. Pero Ciro le recordó que podía haber sospecha, habló de una posible investigación y las consecuencias que acarrearía el crimen... De modo que interrumpió su buena acción. Maria Clara no quería correr el riesgo. Ciro no replicó, se limitó a hacerla bajar de la cama. Se mostró áspero e impersonal.

—Mañana no hace falta que vengas, hablaré con Eneida para que busque a alguien que te sustituya.

Maria Clara hizo lo que Ciro le mandó, puso los pies en el suelo, humillada. Con la cabeza gacha, arrastró el taburete hasta un rincón, se alisó el uniforme, subió la barandilla de seguridad y se refugió en el sofá cama. Ciro se durmió.

Había entrado allí sin saber si quería o no quería casarse, y seis horas después se debatía entre acabar o no con la vida de alguien. No se conformaba con la sequedad de Ciro. Me pide que sea una santa y luego me trata como a una cualquiera. Yo no soy una cualquiera. Puede que no sea culta, que no lea el periódico ni esos libros que lee Gisa, pero sé que esto es un crimen. Es un crimen. No pienso hacerlo. He hecho muchas cosas mal en mi vida, pero esta no la haré. Yo quería gustarle, sé cómo satisfacer a un hombre, es una gran cualidad que tengo, pero si me pide una cosa así... Y encima se ofende porque no quiero hacerlo. ¿Por qué no se cortó las venas cuando aún estaba a tiempo? Permaneció sentada, sin conseguir dominar el pensamiento.

Se levantó y salió.

Fue hasta la sala de enfermería. No le gustó lo que vio: tres muchachos truculentos y una jefa fea. Ciro se merecía algo mejor. Ciro se merecía irse con ella. Uno de los chicos preguntó a Maria Clara si necesitaba algo, ella respondió que no, que había salido para airearse. Sigue dormido, mintió, y regresó a la habitación, dispuesta a recuperar su santidad.

Ciro dormía; el sueño era superficial. Maria Clara reunió todos los medicamentos que pudo y la morfina, preparó un cóctel, dejó a un lado la jeringuilla y se subió a la cama una vez más. Llamó a Ciro, y este abrió los ojos.

—Es la hora de tomarse la dosis —anunció.

Sentada sobre él, presenció la danza de la muerte. Cuando volvía al presente, Ciro la miraba y desplegaba una sonrisa. Luego volvía a sumergirse en lo insondable.

Asombrada ante su propia acción, bajó de la cama con cuidado, arregló la habitación, colocó los medicamentos sobre la bandeja y preparó un plan de acción. Lo cumplió a pie juntillas. Esperó a que clareara, apretó el botón y dijo que, en el momento de acostarse, Ciro no presentaba ninguna señal preocupante, pero que ahora, por la mañana, al ir a verlo se había dado cuenta de que no respiraba. Nadie puso en duda la narración. La aceptación de los presentes ahuyentó el temor a ser descubierta. Sintiéndose segura, llamó por teléfono a sus compañeras. Eneida lloró, Gisa expresó alivio y Lívia reaccionó con indiferencia. Eneida le dijo que no iría al entierro. Si tuviera que despedirme de cada baja del hospital no saldría del cementerio. Gisa no le veía sentido a llorar la muerte de un burgués. Maria Clara les comunicó que haría acto de presencia en su nombre. Las dos reaccionaron sorprendidas. Ha sido la última en entrar, solo ha visto a Ciro con los ojos abiertos una vez y se empeña en ir a expresar sus condolencias. Hay gente para todo, pensó Eneida.

Maria Clara no tardó en ser libre. Firmó la documentación, liquidó las formalidades, se cambió de ropa y bajó la pendiente hasta la parada. Durmió en el trayecto a casa. Guardaba un secreto. Soñó con Ciro. Follaban, lo miraba dormir, hablaban, eran amantes. Se despertó a gusto, distinta. Había matado a alguien. Había consumado una acción heroica, había dado el tiro de gracia, había hecho algo que cobraba la grandeza de lo sagrado, de lo divino. Era una mujer especial. ¿Qué importaba si se casaba o no, si hacía esto o aquello, si servía café en las alturas o curaba heridas aquí abajo? ¿Qué importaba? Maria Clara ya no se guiaba por la vida cotidiana, su medida era la eternidad.

Al día siguiente, se vistió con su mejor luto, se puso tacones, se esmeró en maquillarse discretamente y fue a despedirse del mayor acontecimiento de su vida.

EL PADRE GRAÇA arrastró durante bastante tiempo el peso de haber colgado los hábitos. Encontró en la penitencia la única forma de expiar la culpa. Ayunó, se infligió privaciones, pero seguía atado a los mismos códigos del sacerdocio. Decidió hacer una peregrinación. Enterró la sotana y los objetos litúrgicos en el patio de su casa y trazó una línea recta hacia el noroeste. A los cincuenta y cuatro años, sería otro.

Llevó más de un año el mapa encima, devorando kilómetros de asfalto y varios pares de zapatos. Dios transmutándose en el propio planeta, en corrientes de aire, en nubes densas, en el sol inclemente, en la luna y las tormentas. Durmió a la intemperie, sintió miedo de los animales salvajes, de algunas personas, fue asaltado más de una vez en el camino. Trabajó como peón en una hacienda, tuvo fiebre, pasó frío, hambre y sed. Su único objetivo era seguir adelante. La vida es el camino, dijo Tiresias a Ulises. Trescientos ochenta y dos días después de iniciar el periplo, se perdió en el centro de Campo Grande, en Mato Grosso do Sul. Entró en una galería climatizada para aliviar el calor, y reparó en una puerta de madera con una placa pequeña: MATA. Era una ONG ecologista. Entró y le informaron de que no necesitaban a nadie en la ciudad, la organización trabajaba con decenas de puestos avanzados para los que no había voluntarios. Graça miró la lista de localidades esparcidas por lugares tan remotos como Oiapoque, Boca do Acre, Lábrea, Manicoré, Aripuaná, Parecis, Jaciara. Se interesó por Manicoré, al sur del Amazonas. Leyó los nombres de las etnias del lugar: tenharins, parintintins, diahois, torás, apurinás. Le concedieron la misión.

A lo largo de veinticuatro años había cultivado lápidas floridas y mausoleos frondosos en su jardín de cemento armado, y había llegado el momento de velar por el auténtico paraíso. La avioneta sobrevoló durante horas las grandes plantaciones de soja y los claros de pasto para ganado, hasta alcanzar la pared verde de la selva inmemorial. Se acostumbró al bochorno, a los insectos gigantes y a las serpientes, a los ruidos nocturnos y a los juegos truculentos de los nativos. Le gustaba visitar los poblados, ver el sol reflejado en el claro de las cabañas y que las jóvenes indígenas lo rodearan con sus risas diáfanas y sus cabellos negros. Se casó con una de ellas, a la que enseñó el evangelio.

Lejos de la metafísica del más allá, Graça se enfrentó a problemas urgentes: crímenes contra la naturaleza, sierras eléctricas, tractores, corrientes y venenos para acabar con las plagas. Combatía un demonio llamado Civilización.

Se despertó antes de salir el sol, se lavó la cara con agua fría y se vistió. Su mujer preparó el café. Caminaría durante tres horas por una senda entre la espesura hasta la tribu de los torás. Un campamento ilegal de extracción de madera había invadido la reserva indígena, y Graça había sido designado para intermediar en el conflicto. El curió cantó en su jaula al verle salir por la puerta de casa, y Graça recordó que había olvidado el alpiste. Cogió la bolsita con la ración que había sobre una repisa en el porche y la vació con cuidado en el comedero. Se fijó en que la base de la jaula estaba sucia y se dispuso a limpiarla. Tomó un trozo de papel de envolver, abrió la portezuela, retiró la suciedad y metió el forro limpio. Silbó haciendo una señal al animal, pasando el dedo entre las barras finas para tocarlo. Le tenía cariño. En ese momento oyó un estampido seco procedente de los árboles. Un tiro. Sintió la punzada en las costillas, la quemazón, la brasa encendida en su interior. Se dobló sobre sí mismo, se cayó, se desmoronó mirando al techo. Un calor tibio se esparció por todo el cuerpo, del centro a las extremidades. Ya no le ardía. Notó que el vientre se le hinchaba, presionándole los pulmones y la garganta, los tímpanos y el cerebelo; la falta de aire, la sangre latiéndole en los oídos, el hormigueo, el sueño, el túnel..., dejarse ir. Estoy viviendo mi propia muerte, pensó.

Intentó levantarse.

Pero sintió que una gravedad desmesurada se lo tragaba, empujándolo contra el suelo de madera. Tenía que actuar. ¿Qué podía hacer? De pronto, ante él apareció una profusión de rostros inmóviles. El porche, el techo, la jaula vista desde abajo, todo seguía allí, envuelto en un velo, mientras los muertos, alineados en su interior, eran cada vez más nítidos. Las mujeres, los hombres, los niños y los viejos; las madres, los hijos, los jóvenes y los enfermos a los que se había encomendado. El Hades. Volvía a la capilla de São João Batista, era el papa, bendecía un ataúd. El último. Álvaro. No tenía conciencia del nombre, desconocía la fisonomía, pero sabía que era el último velatorio. Separa de este mundo el alma de este hermano, tierra a la tierra, cenizas a las cenizas, polvo al polvo. Una señora distinguida lo miraba de lejos desafiante, jamás había olvidado aquella mirada de reprobación. Irene le devolvía la pregunta, siglos después de haberla oído. ¿Quién será el próximo? Graça dirigió su atención al féretro y vio que dentro estaba él mismo, inerte, tumbado, acabado. Sintió miedo. Volvió a mirar el techo, la jaula, la casa de madera y la selva. Amanecía. Tuvo la impresión de oír gritar a alguien. Una mujer morena apareció en su estrecho campo de visión, el rostro contorsionado gritaba. Ya no oía nada. ¿Dónde estaba? ¿Quién era? Un muerto. Mil muertes en una. Las arrastraría a todas consigo. Todavía no. Enterró la sotana en el patio de su casa, volvió a recorrer el camino, cogió el avión, se adentró en la espesura y aguardó, al acecho. Se vio a sí mismo en el porche, dando de comer al curió. Tuvo la certeza de que él sería el próximo.

Agradecimientos

Doy las gracias a Fernando Meirelles por haberme pedido un cuento; a Flávio Moura, por un buen paseo en barca; a Otávio Costa por haberse unido a navegar; a Arthur Lavigne por todas las historias que me contó; a Luís Carlos Miele por la inspiración; a Cézar Mendes por la guitarra; a mi madre por diferenciar movimiento de acción; a Washington Olivetto por la compañía; a Sérgio Mekler por la amistad; a Salim Mattar por el largo camino; a Carmen Mello por su amor y perseverancia; a Millôr Fernandes por haber existido; a mis abuelos, tíos y primos de la Tijuca, de Ilha y de Catumbi, por la zona norte; y a Andrucha Waddington por la vida.

También doy las gracias a Conspiração Filmes y, en especial, a Rede Globo por los años de colaboración.

Sobre la autora

Fernanda Torres nació en Río de Janeiro en 1965. Actriz y escritora, tiene tras de sí una exitosa carrera de más de treinta y cinco años en el teatro, el cine y la televisión. Recibió en 1986 el Premio a la Mejor Actriz del Festival de Cannes por su actuación en la película *Eu sei que vou te amar*. Es columnista de *Folha de S. Paulo, Veja-Rio* y colaboradora de la revista *piauí*. *Fin* ha tenido un resonante éxito de ventas y de crítica y va a ser publicada en varios países. En 2014 publicó *Sete anos,* un libro que contiene sus mejores crónicas.

Índice

Este libro se terminó
de imprimir en
Madrid (España)
en el mes de
junio de 2016